李培超诗文集注

李培超 著

天津出版传媒集团
百花文艺出版社

图书在版编目（CIP）数据

李培超诗文集注 / 李培超著 . -- 天津 : 百花文艺出版社 , 2020.5
ISBN 978-7-5306-7890-9

Ⅰ . ①李… Ⅱ . ①李… Ⅲ . ①诗集－中国－当代 ②小说集－中国－当代 Ⅳ . ① I217.2

中国版本图书馆 CIP 数据核字 (2020) 第 071520 号

李培超诗文集注
LIPEICHAO SHIWEN JIZHU
李培超 著

责任编辑： 郑爽　　**装帧设计：** 百悦兰棠

出版发行： 百花文艺出版社
地址： 天津市和平区西康路 35 号　**邮编：** 300051
电话传真： +86-22-23332651（发行部）
+86-22-23332656（总编室）
+86-22-23332478（邮购部）
网址： http://www.baihuawenyi.com
印刷： 北京军迪印刷有限责任公司
开本： 787 毫米 ×1092 毫米　1/16
字数： 315 千字
印张： 17.25
版次： 2020 年 5 月第 1 版
印次： 2020 年 5 月第 1 次印刷
定价： 76.00 元

如有印装质量问题，请与北京军迪印刷有限责任公司联系调换
地址：北京市丰台区刘庄子 101 号
电话：（010）53069867
邮编：100070

序一

——追忆培超

培超辞世三载，他辛勤笔耕的诗集即将出版，侄女小眉托我作序，我欣然允之。

李培超，山东省郓城县南关人。一九五八年入郓城一中初中部读书，一九六一年初中毕业应征入伍。在从军十九年，提干为副营。一九七九年底，转业在郓城土产公司工作，当过司务长，从不贪集体一滴油一粒米。交接时，伙食部节余两千余元，他分文不取，交给下任。在公司分管建设，当时他刚转业，工匠与建材由他支配，若他开口，能为自己谋套房，但他没有，他选择租房住。即使租房房屋漏雨，他的房间漏雨，连一块油毡纸都不往家拿。他公私分明，两袖清风。

我与培超是初中同学，他转业后，我们很快便开始交好。多少个严冬盛夏之夜，他徒步三千米来家找我。半碗老咸菜，一杯地瓜烧酒，我们经常彻夜长谈。我们谈人生、谈文学。培超喜欢唐诗，尊崇李杜，他背诵《春望》“感时花溅泪，恨别鸟惊心”，背诵《行路难》“长风破浪会有时，直挂云帆济沧海”，背诵《将进酒》“天生我材必有用，千金散去还复来”。我喜欢小说，尤其喜欢《三国演义》中的舌辩之士。背一段“青梅煮酒论英雄”，背一段“诸葛舌战群儒”，再背一段“裸衣骂曹”“秦宓逞天辩”。夜深，我送培超回家，我们边走边谈。分手时，我们还要谈上近一个小时。共同的爱好、共同的志向，使我们永远有说不完的话题，在那物质生活与精神生活极为贪乏的年代，彼此间的文学交流就是我们最高的精神享受。

从部队到地方，培超几十年写诗从不间断。每有新作，总要先读给我听。我的第一篇小说在《山东文学》上发表，收到样本，我先拿给他看。我的第一部中短篇小说集《民师磨难录》成书，我先请他绘制封面。我们之间互相鼓励，互相劝勉，互相批评。我对诗的确是外行，是门外汉，让我评价培超的诗，真有些不自量力。但我极固执地认为，培超学杜甫写诗卓有成效，他注重词句锤炼，刻苦求工，属于“三年得两句，一吟泪双流”的苦吟派。我认为，在鲁西南，在进入山东地界的黄河两岸，写古体诗，可以与培超媲美的人并不多。诗的结构严谨，语言精练，排偶精当，用典巧妙，确实很少有人能与他相比。培超在传承中国古典诗词文化上，付出太多的努力，有着独特的见解与贡献。文学水平高低没有绝对的标准，如果说《红楼梦》比《水浒传》写得好，好多少，这是无法用尺子量，无法用磅称的，只能说，经得住时间的检验，经得起历史的淘汰，仍在社会上留传的，便是真正的好诗。培超与我在这个观点上也曾多次探讨。一个诗人的名字很可能被人忘却，但他的诗句却可以与日月同辉，流传在世。

在文学的道路上，我与培超相互搀扶，手拉着手向前迈步；在生活上，我与培超更是互相帮助，互为参谋。他经常对我说："二哥，这是我家的大事，一定给我当好参谋把好关。"在子女教育、升学、就业、婚嫁，甚至建房，这些问题上，都相互征求对方意见。在人生道路上，他是我的护栏，我是他的拐杖。我们一起去汶上看望过我们共同的恩师徐炳俯先生，一起去求教文学造诣资深的林成勋局长，一起去聆听一中老校长田敬止老师的教诲，为儿女高考填报志愿，一起去征求高考专家王兴仁同志的意见。我与培超、兴仁三人友谊如"桃园三结义"一般深厚。在人生的道路上，在文学的探索中，我和培超少走好多弯路，少摔好些跟头。

培超查体，发现得了绝症，他坦然面对，依然努力写作与病魔抗争，他计划要整理完他的诗集，他要写完长篇小说《京华残梦》。兴仁和我去看望他。我知道他癌细胞扩散，来日不多，便劝他："培超弟写小说与我写诗一样，不算高手，还是先整理诗集吧，多少文友翘首以待你的诗集问世呢。"

他点点头，表示同意。

二〇一六年，由冬到春，由春到夏，我和兴仁多次看望他，他拉着我和兴仁的手，他手心冰凉，手指如干柴，他说："二哥，兴仁弟，我知道我的日子不多了。圣人言'鸟之将死，其鸣也哀。人之将死，其言者善'。我今年七十三岁，正是圣人大去之年。我死有何惜，两个孩子小眉我不担心，她遇事有涵养能忍耐，贤婿红领素质又高，我不担心。小亚虽娶妻生子，但还没长大，如野马一般。我担心秀俊扛不起这个家来。"培超讲完，脸色蜡黄上气不接下气，我与兴仁皆泪流满面。

喘息好一阵，培超接着说："小眉给我出诗集，你俩多帮忙，小亚有事你俩多帮忙。"说完，我们三人皆垂泪。

事隔三日培超谢世，兴仁弟因事去了南京，我及时电告他。兴仁再三嘱托，在培超灵前替他行礼致哀，烧张纸钱，纳一份礼。

培超离开人世，阴阳相隔，世事茫茫，再想与培超谈诗论艺，比登天还难。培超诗集出版，想起他弥留之际之托，便写下上面这些话，权当为序。

司端秋

二〇一九年暮春写于帝都花园

序二

——纪念我的父亲

父亲于二〇一六年八月十九日晚七时驾鹤西去，带着不舍和遗憾离开了这个他深爱的世界，去到没有病痛折磨的天堂。我深深地感到父亲并没有离开我，他只是和我存在于不同的时间和空间里，仍然通过爱与思念与我们紧密相连。

在不知多少个夜里哭泣，无数次回忆起与父亲相处的点点滴滴。在父亲七十有三的生命历程中，他赐予我生命，抚育我长大，供养我读书，启迪我人生，他是我心中永远的丰碑。他命运坎坷，却笑对人生；他至孝谦和，家族威望甚高；他勤勉节俭，一生辛劳；他敬业无私，坦荡磊落；他才华横溢，留名郓城诗坛；他体恤入微，时刻想着别人。

父亲一生命运坎坷。在他本应快乐的童年，经历了丧父之痛；十五岁时，我的爷爷因病和饥馁去世；十七岁，父亲应征入伍，从此远离亲人和家乡，辗转于潍坊、天津，后常驻北京，在部队从事无线电侦听工作，在部队长达十九年；在京期间，经历中年丧妻的不幸，与蒋三平女士从结婚到她被确诊为白血病再到离世，只有半年时间，这对于新婚宴尔的父亲是多么沉重的打击。感情的创伤也给他的身体带来不小伤害，和我母亲结婚后，生活慢慢平稳、安顿下来，他的身体才渐渐好转。转业回地方后，因为性情耿直，不谙世故，工作不算顺心，生活亦多坎坷。然而如此多的坎坷磨砺，并未磨去他的棱角、使他消沉，却使他看待事情越发清晰，创作之焰更炙。“文章憎命达，魑魅喜人过”，父亲自嘲“薄命先生”，他将生活的失意化作诗情文采，将心血投入诗歌创作上，在古体诗的世界里一抒胸臆，自在徜徉。

父亲至孝。他曾以“父母在，不远游”拒绝菏泽企业的高薪聘请，无怨无悔侍奉我的奶奶二十余载，奶奶在二〇〇六年深秋无疾而终，享年九十八岁。“老吾老，以及人之老”这句话在父亲身上体现得尤为深刻。二十世纪八十年代，姥姥罹患乳腺癌，父亲在经济拮据、生活窘迫的情况下，全力承担了姥姥的医疗费用。如果用金钱、物质来衡量孝义的话，父亲也许只能算是“小孝”，然而父亲的孝不限于财物的支持，更多的是实际行动的付出。当时姥姥在我家休养，是父亲不厌其烦地为老人消毒、换药，精心照料，使姥姥得以较好的康复。在父亲晚年，我曾与之聊起北京户口如何珍贵，问：“是否后悔当初从北京复员回到家乡，舍弃北京户口？”答：“回到郓城，至少家里三位老人得以善终。”言语间充满欣慰。父亲用实际行动诠释了什么是“大孝”。

孝为德之本，父亲至孝的高尚品德铸就了勤勉节俭、大公无私的美德。父亲一生崇尚节俭朴素，就算是在儿女成家立业后经济稍微宽裕的晚年，也没有穿着华丽的衣服，更不用说在经济窘迫的艰苦岁月。在我的印象中，父亲一直是衣着简朴，却非常整洁；父亲嗜好钓鱼，陪伴他的，是用了十几年的钓竿和那辆吱嘎作响的旧自行车，从来不抱怨钓具的简陋或为自己添置新潮的、顺手的新式装备，用父亲的话说：“钓的情趣，不因钓竿而多得鱼。”我时常想，父亲所追求的是精神境界，而不是锦衣玉食。

在我小时候，家境并不富裕，但父亲用勤劳的双手，使得这个家无比的舒适、温馨。他每天早起把院子收拾得干干净净，经常用简单的食材烹出美味的饭菜，虽然只是些家常菜，却是父亲的一片深情、一份家的滋味。一直以来，我都未能吃够父亲烹饪的美味，如今父亲抛下我撒手西去，留给我的只剩慈父的音容笑貌、记忆中无穷的回味以及与父亲切磋厨艺的点点滴滴。

父亲自患病后，常对我说：“盖棺论定，坦然面对身后的评论。”他一生坦荡磊落，在县土产公司任司务长时一心为公，从不计较个人利益；出差采购荸荠时，为最大限度减少财物的损失，不惜徒手搓起散落在地的荸荠，以致手臂都流了血。当时家境虽贫穷，却从未占公家一分钱的便宜，父亲总说“占了公家便宜的人，内心是畏缩的”。这就是我的父亲，一位品德高尚的人，不贪不占，坦荡磊落，受到人们敬重。

父亲的勤勉绝不仅限于为家庭的付出，更多体现在他对古诗词、山水画等艺术境界的追求和对蜂蜜品鉴技术的执着。正是因为生命不息、笔耕不辍的勤奋，才成就了他在菏泽诗坛的名望；正是因为刻苦钻研、不断实践的精神，才树立了蜂蜜品鉴技术的标杆。他一生创作诗歌甚多，《李培超诗文集注》收录的作品仅为十之二三，他视诗歌创作为生命，却又十分低调，从未与家人提起过诗歌创作的安排，只是默默地推敲、撰写、整理。然而天妒贤良，死神仅给父亲留下四年的光阴，打乱了父亲原来的写作计划。在他与癌症病魔斗争的间隙里，他时刻未敢疏忽诗歌的创作、整理、校注等，然而最终未能跑赢死神的脚步。《李培超诗文集注》一书未能面世，父亲带着遗憾、眷恋离开了我们。今天《李培超诗文集注》

得以出版，了却父亲的一个心愿，虽然他已远去，可父亲的第二生命得以永生，父亲的英灵也永远荫庇着他的后世子孙。

父亲重感情、通情达理、体恤入微，时刻为他人着想。在生命最后的时刻，他不顾长途颠簸，从济南强撑着躺着（此时已无法坐立）三个多小时回来，为的是不给女婿、亲家留下麻烦，正如亲朋的评价：“无论什么事都考虑得特别仔细、特别周到。”二〇〇四年，我去长沙看男友时，未能得到母亲大人的理解，却意外收获到父亲的支持，当时我任性地、满含泪水地离开家，是父亲默默地把我送到车站，在等车期间还特意买来两根冰棍，用无言的行动表示他对我的疼爱，整件事情他没有居高临下、没有批评责怪，有的是共情、疼惜、支持和理解。

父亲创造了生命的奇迹。二〇一二年四月，父亲被确诊为肠癌晚期，曾有医生说他命不久矣。父亲以坚强的毅力，强烈的求生欲望，积极配合治疗，在与癌症抗争的四年四个月里，父亲曾去济南、北京求医，前后共经历了一次肠部手术、二十六次化疗、七次肝部介入、一次肝部射频消融及大半年痛苦的蜂蛰治疗，承受了治疗过程中巨大的痛苦，延缓了疾病恶化，为自己完成诗稿整理争取了宝贵的时间。死亡于父亲而言，并不足以畏惧，只是他还有太多的心愿尚未实现。

父亲在临终前，仍彰显了人性的光辉、人格的伟大。我清楚地记得，在父亲不吃不喝昏迷了五天后，剧烈的癌痛让他抽搐，冰凉的腿部竟然重新有了温度；疼痛使父亲脸部变形，但他却没有发出一丝声音，而是用最后一丝力气维持了自己的尊严。父亲过世前一夜回光返照，凌晨十二点多，昏迷多日的他突然醒来，凌晨三点多，父亲再次清醒，意识到我和我男友都在床前，还用微弱的声音说：“你们俩，一个就行。”意思是催我们去休息，留一个陪他就行。这是他最后一次关照、疼惜他的孩子。三四个小时后，我休息醒来，父亲已陷入深度昏迷，再也没有任何回应。他于当天晚上七时三十五分停止呼吸，溘然长逝。

父亲临终前，曾对我说，我们只是一粒沙，不起眼，不足道，终归于尘土。我却认为，对我而言，父亲是我心中一座不朽的丰碑，伟岸巍峨，丰神伟姿，值得我一生追随和效仿。虽然倍加思念父亲，却很少梦会，只有一次，见父亲披衣坐在病床上，神态怅惘，似乎还有诸多心事。咦唏嘘！父亲！您一生操劳，大去后，还在挂怀什么呢？女儿无能，但当全力遵照您的遗志，实现您的心愿，传播您的心声！父亲，你我父女缘尽今生，但盼有朝一日，仍做您的儿女，承欢膝下，为您解忧！

父亲遗著《李培超诗文集注》出版前夕，是以为记。

女儿 李剑眉

二〇一九年五月三十日

目　录

第一卷

第二卷

第三卷

第四卷

第五卷

第六卷

第七卷

第八卷

第九卷

第一卷

（古绝）雪夜

一九五九年

北风扯地雪花飞，慈母盼我放学归。
寒衣薄袄倚门望，寸草何时报春晖。

【解题】本诗作于一九五九年冬，是年春，父病故。母亲疼惜作者，每天放学时，倚门而望。这是作者最早所作诗歌。时年十五岁。

（古绝）别焦仁山于历下

一九六二年四月

东海明月多寒光，鲁天楚地两茫茫。
闻得丝竹莫幽咽，知是君思寄悠扬。

【解题】当时在济南空六军报务学习班。焦仁山：同期学员。结业时，被分配至江苏省连云港市，分别时赠诗。

（七律）游济南大明湖

一九六二年四月

水泛南湖浮画阙，细纹如网织银梭。
苇丛鸟唱闻奇语，船上人和转笑歌。
四面河山集胜地，一城醉柳舞婆娑。
人间看罢三分鼎，离散悲欢逐逝波。

（古风）咏四里山烈士灵园

一九六二年四月

一九六二年四月上旬，在济南学习报务的全体同志到四里山烈士灵园扫墓，排长刘建才命余作诗记之，以志留念，遂成是文。

松深鸟幽春徘徊，复去烟尘未减退。
当年此垒接短兵，杀声胆慑山石碎①。
烈士殒身染荒石，为使山下长春色。
暮去朝来春满城，青冢萋萋人不归。
磅礴石下无名魂，长使后人数倾泪。
回眸俯视山下城，瓦如鳞甲自崔嵬②。
齐州③何处无忠骨，四里桃红血点缀。

【解题】四里山今更名为英雄山，英雄山景区内的烈士陵园及济南战役纪念馆是著名的爱国主义教育基地。刘建才，天津人。约一九五一年入伍，好文学、诗咏。当时任作者所在训练队排长。

【注释】①这两句描写的是一九四八年的济南战役。②崔嵬：高峻雄伟的样子。③齐州：济南古称齐州，有“齐烟九点”之说。这里代指中国。

（七律）游济南千佛山

一九六二年五月

人到历山姑一游，无边美景解离愁①。
三春碧草铺芳甸，四面桃花礼佛楼。
放眼鹏程②达万里，收心实地足千谋③。
根深不怕峰高处，且看青松立上头。

【解题】千佛山古称历山，亦名舜耕山。隋朝年间，山东佛教盛行，虔诚的教徒依山沿壁镌刻了大量的石佛，千佛山由此得名。

【注释】①离愁：离开家乡而带来的惆怅。②鹏程：喻指远大的前程。③千谋：指远大的理想。

（古风）送焦仁山兄之徐州

一九六二年六月

昨晚共宿舍，今晨隔千山。
好友恋分手，征马总催鞍。
楚鲁两坼[1]地，星河一夜天。
日后企[2]昔时，应在云树边[3]。

【注释】①坼：裂开，分裂。②企：盼望，此处含有怀念的意思。③云树边：云树之思。句出杜甫《春日忆李白》诗："渭北春天树，江东日暮云。何时一樽酒，重与细论文。"后人把这种对友人的思念称之为"云树之思"。

（古绝）赠李景成

一九六二年八月

昨晚楼上共熬灯，一夜千里隔重情。
唯喜君余坐同地，尚有余暇闻鸟声[1]。

【解题】李景成：济空报务训练班学员，一九六一年入伍，天津人。

【注释】①鸟声：此处专指拍发电报时耳机中传来的无线电讯号，其"啾啾"声像鸟鸣一样，故称鸟声。

（古绝）西山云

一九六二年八月

西山向晚卷云积，跚跚来自鲁南西[1]。
应是新禾登场后，尔来变作稼场[2]鸡。

【注释】①鲁南西：指鲁西南，即作者的故乡郓城县。②稼场：晾晒庄稼的场地。

（七绝）写秋

一九六二年八月

秋霜已满看枯枝，始觉东篱[1]不可欺[2]。
敝帚[3]慢将成败论，黄花战罢论雄雌[4]。

【注释】①东篱：种植菊花的地方。句出陶渊明《饮酒》：“采菊东篱下，悠然见南山。”②不可欺：指菊花不怕秋霜的冷冽。③敝帚：破扫帚。④雄雌：此处指高低。

（古绝）思乡

一九六二年九月

窗外秋雨点梧桐，梦中乡土顷刻中。
重复乡托[1]耳边语，倚天抽剑应前程。

【注释】①乡托：乡亲的托付、嘱咐。

（古风）采酸枣

一九六一年十月

尔也采酸枣，我也采酸枣。
朱翠青紫似玛瑙，点缀北山千树杪[1]。
秋色分外好。
尔说酸味好，我说甜味好。
酸甜苦辣不可少，坦对人生百滋味。
莫向一边倒。

【解题】酸枣即野枣，树形如荆棘，长于丘陵地带，秋天结果，枣粒如扣，个儿大肉薄，味酸甜，枣仁可入药。作者当兵时的潍坊机场北山长满了酸枣。这首诗写出了新兵生活的美好，道出了作者对人生百味的看法。

【注释】①树杪：树梢。

（古绝）黄花

一九六二年八月

月落蕊冷香孤回，征衣萧瑟战鼓催。
霜杰①谁与解寂寞，寒溪送来水一杯。

【注释】①霜杰：寒霜下的豪杰，指菊花。

（古风）奉调入京过沧州

一九六二年

中军传调令，倏忽赴上京。
沧州正大水，秋秸浩渺中①。
出入收禾者，没水似鱼虫。
百年三餐断，一洗万户空。
徒闻铁狮子，临水露狰狞②。

【解题】按作者回忆录，一九六二年九月二十六日，作者同张武标、张厚山一行三人奉王树茂参谋之命调入位于北京德胜门外的北京空军某部，赴京途中路过沧州，正直沧州大水，农民在水中收割庄稼。这首诗描写了作者亲眼所见，表现了对农民的同情。

【注释】①秋秸：秋天的庄稼秸秆。浩渺：水势无边无际。此句是说秋天的庄稼被淹没在一望无际的洪水中。②铁狮子：铁狮子是沧州的一大景观，据说是专为镇伏水患而铸造的神物。此两句是说，虽然镇压水患的铁狮子面目狰狞，但面对浩渺的洪水也无可奈何。

（五律）雁鸣

一九六三年二月

边关闻雁鸣，列阵赴南征①。
家国需军事，萧然②别郓城。
孝忠难两顾，生死一前程。
赍志③符兵役，差强④慰此生。

【注释】①南征：南方的征程。作者服兵役时并未告知将去往何地，只是说将赴南疆战事。②萧然：凄然，凛然。③赍志：抱着志向。赍：怀抱。④差强：勉强。

（五律）黄寺

一九六三年春

晓色凌晨看，皇城紫雾抟①。
屯云暗松翠，萧寺②映朱丹。
静极通玄奥③，思深入拜坛。
谁能翻转己，啸啸走千官。

【解题】黄寺：位于北京德胜门外的西黄寺。始建于乾隆年间，是乾隆皇帝为笼络蒙藏上层人物而修建的外八庙之一，又称“五世班禅塔”，作者所在的部队在西黄寺的隔壁。

【注释】①紫雾抟：紫雾，雾霭。此处指晨霭升腾。②萧寺：寺庙的统称。③此句是说寺院极安静，可以引人思考深奥的佛理。

（五律）雨中致家书

一九六三年五月

兼旬[1]雨至今，书信梦中频。
亲命[2]卜难料，危居倾可沦[3]。
有儿征远戍，无米度荒春。
夤夜[4]诗残纸，聊于慰此身。

【注释】①兼旬：一旬为十天，超过十天称为兼旬。②亲命：亲人的命运。③沦：本指淹没，此处指坍塌。④夤夜：深夜。

（古风）读《静夜思》

一九六三年五月

明月浮云上，泽赐游子床。
古有举头句，沉沉思故乡。
慈母是时夜，叨念于门旁。
小儿初从伍，焉不恓惶惶。
恋家是为耻，牺牲古有之。
猛士殁疆土，姓名垂虹宇[1]。
我生蒿莱[2]里，庆幸可如此。
苟能报国家，不枉为人期[3]。

【解题】作者从军之初思念自己的故乡，但作者能很快将这种对家乡的思念转化为报效国家的决心。作为一个十六七岁的新兵，是难能可贵的。

【注释】①垂虹宇：像彩虹一样垂于天空。②蒿莱：长满蒿草的地方，通指草莽、农村。此指自己在农村长大。③人期：做人的期限，指一生。

（五律）秋时

一九六三年六月

秋忙万事催，黑尽耜櫌①回。
桥过牛人影，炊余炭火灰。
垒垚烧薯豆②，野旷唱崔嵬③。
回首童年味，苦中藏旧醅。

【解题】此乃回忆之作，含有思乡之意。

【注释】①耜：古代农具，形状像现代的铁锨。櫌：古代农具，相当于现代的抓钩。②用手在地里刨一个坑，将湿土捺成像鹅蛋大小的土蛋，并将土蛋成拱形叠垒在土坑上。坑内烧火，待火将土蛋烧热再将花生、红薯、毛豆等食物投入坑内，将烧热的土蛋砸碎埋于坑上，两个小时后即可扒出食用。农村称这种方法为烧窑。③崔嵬：此处指声音嘹亮宏大。

（五律）与兄长游颐和园留影

一九六三年八月

波摇山影碎，楼耸碧云屯。
富贵京城地，贫寒逃命人。
乱离失手足，凶岁泯天伦。
记取留连处，几回泪染巾。

【解题】一九六三年作者的家乡郓城县仍处在极度困难之中，因饥饿难耐，作者的哥哥曾到东北逃荒，途经北京时，在作者当兵的军营逗留七日，作者与其兄留影于颐和园，此为当时之作。

（古绝）忆去年潍坊县送别

一九六三年十月

朋友贫寒行李薄，别君意重情何多。
鲁地秋风知人意，默默吹绉碧水波。

【解题】一九六二年九月作者被调入北京，此为回忆之作。潍坊县现已被称为潍坊市。

（五律）别军粮城诸战友

一九六五年四月

惜别粮城地，粮城已似家。
开荒耙冰海，置地斗蚊蛇。
种谷疗饥馁①，营房蔽雪花。
离情竞何似，三顾不回车②。

【解题】粮城：军粮城，位于天津市东丽区。“军粮城”之名，主要与唐代海运有关。唐王朝为防北方奚、契丹等游牧民族的侵扰，在幽、蓟驻重兵，当时海运的路线始自江浙沿海，绕过山东半岛，到达军粮城，又以此转输基地修筑城垣，故名“军粮城”。

【注释】①饥馁：饥饿。②三顾不回车：再三回头不忍回到车上离开。

（古绝）欢迎乒乓球队员载誉归来

一九六五年六月

雄文四卷①佩丹心，为国争誉不顾身。
不酬平时千般苦，怎得一板定乾坤。

【解题】一九六五年四月十五日至四月二十五日，中国乒乓球代表团参加了在南斯拉夫卢布尔雅那举行的第二十八届世乒赛，我国选手获得五项冠军，女乒第一次获得象征女子团体世界冠军，中国队也第一次同时获得男、女团体世界冠军。

【注释】①雄文四卷：指《毛泽东选集》一至四卷。

（七律）雨夜回京

一九六五年四月

春风临别亦伤情，暮雨强随入帝京。
耙海①十年辛苦地，戍边②百日老头兵。
躬耕稻米尝三味，亲垒泥房睡五更。
别后何时复相聚，刻砖留字记年庚。

【解题】这是作者在军粮城农场劳动三个多月后，被替换回京时写的一首诗。诗中充满对农场艰苦生活的留恋。四月二十五日夜，被调回京，春风拂面，杨柳新绿，出天津北站，时逢夜雨，天意如此，大有惜别之意。

【注释】①耙海：农场的大部分耕地都是开垦的海滩，耙地要在没膝深的水里进行，所以称之为耙海。②戍边：本指守卫边疆。此处指在农场一边劳动，一边守卫边防。

（七律·新韵）送张后山探家回山东

一九六五年九月

故友探家归郓城，吾心似箭也怦怦。
请安捎到高堂内，嘱语带回军旅中。
四海承平无战事，九州衰草沐春风。
生逢盛世明君主，我亦缚龙学请缨。

【解题】张后山：山东省郓城县西张庄人。生于一九四〇年，卒于二〇一〇年，作者的同班同学，与作者一起入伍，一同调入北京，是作者相随最久的同学兼战友。他的家离作者的家也很近，约三四里地。这首诗写于张后山探家之前，寄托了自己对家乡和老母的思念。

（古风）悼焦裕录同志

一九六六年二月

病逝忠杰万姓哭，神州尧舜焦裕录。
足遍兰考三千里，心系泡桐五万株。
誓令三害[①]皆伏首，不教风雪有遗孤。
葬君何必高碑处，人民一笑心满足。

【注释】①三害：指肆虐于兰考县的内涝、风沙、盐碱三种自然灾害。

（七律）与京津诸战友离别话生平

一九六六年五月

征马萧萧已备鞍，与君分手俱华年。
都知绛灌[①]真夫子，谁似文王礼隐贤。
足刖丹心剖璞玉[②]，雷惊巨野[③]起龙眠[④]。
勋心未泯终须跃，四海恭听捷报传。

【解题】《中华人民共和国兵役法》规定的义务兵服役年限原为陆军三年、空军四年、海军五年。一九六五年改为陆军四年、空军五年、海军六年。至一九六六年与作者一起入伍的一批战士开始退役，这首诗为送别天津、河北籍战友退役而作。

【注释】①绛灌：汉绛侯周勃与颍阴侯灌婴的并称。均佐汉高祖定天下，二人起自布衣，鄙朴无文。此处指那些文化不深，但朴实能干的战友。②语出《韩非子・和氏》。比喻这些即将复员的战友都像卞和一样怀抱一腔热血报效国家，只是时间太短，他们的赤诚之心并没有被上级领导发现。③巨野：古大泽。在今山东巨野县境内。④龙眠：正在蛰睡的龙，尚未施展自己的本领。此处指离队的战友。

（古绝）秋兴四首

一九六五年十一月

一咏黄花

黄花绿叶对翠微①，等闲秋风任意吹。
高洁自居冷落外，占尽风流第一枝。

【解题】黄花：菊花。此诗以“占尽风流第一枝”歌颂了菊花不怕天气寒冷的坚强品格。
【注释】①翠微：青翠的山色，也泛指青翠的山。《尔雅》：“山未及上曰翠微。”

二雁来红

一方石印学富翁①，青眼相看泪龙钟②。
肥马轻裘王孙客，未必能似雁来红。

【解题】雁来红：也叫老来红，入秋后，枝、叶、花、干皆红，一种易于栽培又受人喜爱的观赏花卉。此诗是作者欣赏齐白石老人的《雁来红》后所作。

【注释】①此句用齐白石印文意。著名画家齐白石曾刻有一方石印，曰：“三百石印富翁”。作者自嘲自己有一方石印，也要效仿齐白石在艺术追求上愈老弥坚的精神。②龙钟：沾湿的样子。岑参《逢入京使》“故园东望路漫漫，双袖龙钟泪不干。”

三游西黄寺

古寺夕阳红若烧，铜钟铁树相寂寥①。
莫教英雄入禅院②，满庭落叶鼓心涛③。

【注释】①寂寥：寥落寂静。②禅院：寺院。此处指西黄寺。③心涛：心潮澎湃。

四咏寺塔

白理石砌塔峥嵘，松柏环路作涛声。
耄僧不知何处去，秋风夜夜代击钟。

（古风）十三陵怀古

一九六六年秋

明遗十三陵，散在北山中。
羊马①迎銮驾②，石人守梓宫③。
地宫深千尺，盘旋入幽冥。
上设机关尽，下造九泉清。
金玉不殉骨，长夜空悬灯。
青山如有意，铜人泪相倾。
吴王起困苦，原在寺庙中。
忽杀李丞相，又诛葫芦翁。
同槽非四马，杀戳有遗风。
文帝连宫死，燕王不罢兵。
土木危人主，夺门死代宗。
一自万历后，三案始汹汹。
杀人乱如麻，国势从此崩。
少壮死六隅，饥民罢“三征”。
道有饿殍陈，里无鸡犬声。
闯王首发难，一唱天下应。
长驱五花马，来扣大都宫。
皇亭未见寿，山树空悬丁。
谁如史兵部，名在青山中。

【解题】明十三陵是明朝迁都北京后，十三位皇帝陵墓的皇家陵寝的总称，建于一四〇九至一六四五年，陵区占地面积达四十平方千米，坐落于天寿山麓（在昌平县境内），距离北京市区约五十千米。十三陵地处东、西、北三面环山的小盆地之中，陵区周围群山围绕，陵前有小河，曲折蜿蜒，山明水秀，景色宜人。

【注释】①羊马：羊马与后句提到的石人皆为十三陵中的石刻。②銮驾：皇帝出行时，乘坐的车轿。③梓宫：皇帝的灵柩。

（古风）春眺

一九六六年五月

应节小雨藏西山①，京华春色来云端。
松老未动针先绿，竹嫩才吐叶忽宽。
山桃顾影自怜水，村柳初苏已含烟②。
何故顿觉山冈暗，榆蕾偷红欲吐钱。

【解题】此诗与《山雨》《西山遇雨》皆为因军务暂驻西山时所作。

【注释】①西山：此处指与香山毗邻的松堂营房。营房建于山脚下，故称西山。②含烟：指杨柳茂盛。

（五律）山雨

一九六六年五月

云来紫气盘，绝壁挂飞湍①。
草径分匍匐②，流溪跳玉丸。
鸟声藏茂树，人迹断桥栏。
山色静中看，微风送晚寒。

【注释】①飞湍：指雨后形成的瀑布。②路边的野草被雨水冲刷得匍匐于地。

（七律·新韵）西山遇雨

一九六六年

去年风雨住西山，一夜涯头瀑布悬。
水洗群峰生碧树，云屯涧底起兰烟。
断桥石滚雷音起，危壁①松居龙爪蟠。
更有楼台升古道，霖铃②声在有无间。

【注释】①危壁：悬崖绝壁。②霖铃：悬挂于楼台的风铃。

（七绝·新韵）春日偶成

一九六六年

山含绿意草无踪[1]，土沐暖阳时见虫。
芽蕾初萌应细看，枝头啼唤鸟一声。

【注释】①此句化用韩愈的《早春》："天街小雨润如酥，草色遥看近却无。"意同。

（七律·新韵）别赠李怀义同志

一九六六年

一晤[1]之中辩口音，七年血汗战京津。
长途共苦知良善，近县相通识比邻[2]。
身在兵营似蓬草，命悬时势问浮尘。
别来更有重逢地，叶落还须归老根。

【解题】李怀义：作者好友，山东省鄄城县董口乡李进士堂村人，一九四二年生人，一九六〇年入伍，一九六二年调入北京。一九六六年因身体不适复员，先后在北京市煤气热力公司、国务院第三工业部下辖第四设计院工作。1976 年转回原籍。先后任鄄城县董口乡公安特派员、派出所所长等职，二〇一二年去世。

【注释】①晤：交谈。②鄄城与郓城接壤所以称比邻。

（古绝）为文章而后作

一九六六年

谁家鬼斧有神功，白发半是人熬成。
搜得人寰铿锵句，心血点缀舞台红。

【解题】作者年轻时衷情于诗歌、歌剧、舞剧和活报剧的创作，作者创作的文艺节目《三个美国兵》曾获得北京军区空军一九六七年度二等奖。这是作者在部队参与创作文艺节目后，有感于创作之艰辛而写的诗。诗中所说“心血点缀舞台红”，非亲历个中滋味者难以咏出。

（古风）书赠贵阳友人

一九六六年

君问归期难定期，支边疏散汉水西①。
北备俄虏南备美②，东南西北皆虎罴③。
汝本京城一工职，分居三线抛妻孥。
世人尚且备战事，军旅生涯更可知。
去岁抗美赴越南，同窗三人俱裹尸④。
一将成名万骨朽，战和由人似奕棋。
来鸿相问婚姻事，无人作伐⑤空寂寂。
况乃备战无休止，谁肯将身附死躯。

【解题】贵阳友人指李怀义，李怀义转至地方后，曾一度随单位到达汉水、贵阳。从诗句中看，李怀义来信谈及作者的婚姻大事，有意为作者做媒。

【注释】①汉水西：指李怀义曾去的地点。②备：指备战。此句是形容备战的形势，北疆防备苏联的入侵，东南防备美国的侵犯。③虎罴：猛虎和熊罴，此处指凶恶的敌人。④裹尸：用马皮把尸体裹起来，指战士英勇牺牲在战场。⑤作伐：作媒。《诗·豳风·伐柯》：“伐柯如何，匪斧不克；取妻如何，匪媒不得。”后称做媒为“作伐”。

（古绝）景山怀古二首

一九六六年

一

龙颜当初羽扇①藏，斩女得能无凄惶②。
记取载覆皆由水，何须临危叹兴亡。

二

木石从来不解因，天下父母一样心。
可叹投缳诛女后，猪狗皆胜亡国君。

【解题】景山：指吊死崇贞皇帝的煤山，与故宫后门一街之隔。

【注释】①羽扇：用孔雀羽毛制成的扇子，用来遮挡皇帝的容颜，是金銮殿仪仗的一种。②此句出自《明史·列传第九》：“长平公主，年十六，帝选周显尚主。将婚，以寇警暂停。城陷，帝入寿宁宫，主牵帝衣哭。帝曰：‘汝何故生我家！’以剑挥斫之，断左臂；又斫昭仁公主于昭仁殿。”

（七律·新韵）再游碧云寺

一九六七年七月

峰回路转又一惊，云海浮托半步亭[①]。
鬼见愁[②]头愁未散，碧云寺上碧云轻。
五塔空抱衣冠冢[③]，四海正多鼾睡声。
行到山穷水尽处，欲知归路问盲僧。

【解题】碧云寺位于北京市海淀区香山公园北侧，始建于元朝至顺二年（一三三一年），后经明、清扩建，是一组布局紧凑、保存完好的园林式寺庙。

【注释】①半步亭：香山公园及碧云寺内并无“半步亭”，疑为“半山亭”之误，半山亭在香山公园内。②鬼见愁：香山香炉峰俗称“鬼见愁”。此峰高峻陡峭，攀登不易，为香山的主峰，海拔五百五十七米。顶峰有两块巨大的乳峰石，形如香炉，故有此句。③衣冠冢：孙中山先生的衣冠冢位于北京香山碧云寺。

（古绝）麦熟

一九六六年

杨招路径柳遮程，小麦初黄杏浅红。
杜宇[①]惜粮催快刃，光光好锄[②]到天明。

【注释】①杜宇：杜鹃。②光光好锄：形容杜鹃鸟的叫声，杜鹃鸟在每年的麦收季节飞往鲁西南一带，农民闻此叫声，意叫人把锄头磨光，催人夏收夏种。

（七律·新韵）游樱桃沟

一九六七年

欲采樱桃进此山，白云深处访鸣泉。
篱生鸡犬二三唱，炊起茅庐四五间。
殿外参佛松[①]有幸，坐中打盹我无缘。
尔来看透人生否，只爱逃名不爱禅。

【解题】樱桃沟在卧佛寺西北，也叫植物园樱桃沟，是两山所夹的溪涧，明代在山涧两旁遍植樱桃树，因而得名。

【注释】①参佛松：古松躬身向佛，似向佛参拜故而得名。

（古风）过五孔桥

一九六七年

五孔桥上春露凉，浮萍开花点点黄。
旧梦离枕十年远，新葭[①]出水一尺长。
荷盘好做承欢镜，眉月画成西子妆。
七国英雄[②]争拱手，六朝金粉[③]埋帝王。
至今唯有西山碧，一片烟雨对尧皇。

【解题】五孔桥位于北京市海淀区，坐落在永定河上。二十世纪六七十年代，五孔桥畔芦苇荷花相连，幽静怡人，现已成为居民小区。

【注释】①新葭：新长出的芦苇。葭：初生的芦苇。②七国英雄：本指战国七雄，这里泛指逐鹿中原的各路英雄。③六朝金粉：六朝金粉本指南京，此处指北京。

（七律·新韵）就医于四六六医院答赵澍

一九六七年四月

晚畤①西来看翠微，谁家号角向营吹。
三十马过军衣旧②，百二关开战鼓催。
猛将心存报国死，书生志在裹尸回。
而今两事皆鲜见，日夜攻书故纸堆。

【解题】四六六医院是军队内部医院，属北京空军管辖，位于西直门外。赵澍是作者的战友，河北省保定市清苑县人，一九五七年入伍，一九七四年转业回原籍。

【注释】①晚畤：傍晚的田野。畤：田畴，田野。②三十：年龄。马过：像快马一样飞奔而过。此句是说三十已过，军衣已经穿旧，而功名还没着落。

（七律）游玉带桥

一九六七年

玉带桥头玉露凉，半轮月照水茫茫。
近楼俚曲传凄惋，隔岸琵琶增感伤。
百姓灶台连夜市，万家灯火散余香。
老军何故意归懒，错把他乡作故乡。

【解题】玉带桥：位于北京颐和园昆明湖长堤上，建于清乾隆年间。桥身用汉白玉和青白石砌成。洁白的桥栏望柱上雕有各式向云中飞翔的仙鹤，雕工精细，形象生动。玉带桥单孔长十一点三八米，高约七点五米，全部用玉石琢成，桥面是双反向曲线，组成波形线桥型，配有精制白石栏板，显得格外富丽堂皇。

（七律）游颐和园

一九六七年六月

白银万两筑繁华，朱阙千重是帝家。
莫笑袯绫[1]软铁骑，空余衰草对昏鸦。
诤臣慢把西宫诅，遗老休将亡国嗟。
楼下笙歌今又唱，谁人知是后庭花。

【注释】①袯绫：古代天子贵族穿的绣有花纹的绸缎。

（七律）游众香界

一九六七年

颐和园里看繁华，紫陌尘头[1]是帝家。
桥影横陈报国恨[2]，湖光倒映瘗[3]官沙。
评谈人世三杯酒，感慨兴亡一叹嗟。
问道寒僧无语论，烧藤煮水自煎茶。

【解题】众香界是一座用砖筑琉璃贴面作装饰的牌楼，建在颐和园万寿山的最高处，殿内供有很多菩萨，外墙全部用黄、绿二色琉璃包身，上面排满了琉璃小佛像。在阳光照耀下，色彩艳丽，光彩夺目。

【注释】①紫陌尘头：尘土覆盖的道路。紫陌：道路、土路，此泛指人间。②光绪帝因“戊戌变法”被慈禧囚于颐和园南湖岛，通往南湖岛的道路唯有十七孔长桥，所以此处言“桥影横陈报国恨”。③瘗：埋葬。

（七律）游颐和园后湖

一九六七年

不信皇城藏静州，三生有幸此幽游。
百年老树相铜鼎，千载石船①迎卧牛②。
鸟倦沙滩争午睡，鱼集浅水晒悬浮。
蓝天万里湖光远，羡尔去来皆自由。

【解题】后湖位于颐和园最北部，建筑较少，林木葱茏，山路曲折，优雅恬静。

【注释】①石船：颐和园的石舫是京城著名的景观之一。始建于清乾隆二十年（一七五五年）。船体乃用巨石雕成，全长三十六米，是颐和园内著名的水上珍品。②卧牛：是用来镇服水患的。铸造于一七五五年，位于颐和园昆明湖十七孔桥东侧，大小和真牛相仿，体态优美，昂首凝眸，蜷卧在雕有波浪的青石座上。

（七律·新韵）游十七孔桥

一九六七年

殿入排云上九霄，飞檐鸱吻①拜前朝。
百年权握垂帘手，一玺难悬帝主②腰。
帅府阴谋③封紫绶，书生气血④染红刀。
可怜龙困十七孔⑤，夜夜寒桥鼓玉箫。

【解题】十七孔桥：长一百五十米，飞架于颐和园南湖岛和廊如亭之间，乾隆时仿著名的卢沟桥所建。

【注释】①鸱吻：也称螭吻、鸱尾、鸱吻，是中国古代建筑物脊梁上的一个设计。②帝主：指光绪皇帝。光绪皇帝一八七五年继位至一九〇八年病死，在位时，政权握于慈禧之手。③帅府：指袁世凯居住的地方。④书生气血：指戊戌政变时被慈禧杀害的六君子慷慨就义之事。⑤龙困十七孔：指光绪帝被囚禁于颐和园南湖岛。

（古风）自京赴郓城咏怀五百字

一九六七年十二月

客发落叶黄，幽燕[1]八年长。
归心直如箭，冷月遍是霜。
身临青未了，叹息迫中肠。
有志存峥嵘[2]，徒然气轩昂。
平原日偏西，鸡唱柴门傍。
母子抱头哭，热泪洗两行。
四邻皆震惊，相携来探望。
自云识不得，上下认纹裳。
翌日宰鸡鹅，锡罂[3]筛黄粱[4]。
父辈首上坐，亲朋满中堂。
温酿[5]流三巡，唏嘘[6]叙短长。
才得识左右，叔兄皆已苍。
兄弟别未婚，儿女今成行。
相呼捉藏儿[7]，立庭五尺长。
河工期[8]才尽，方知成栋梁。
弹指飞须臾，生活如参商[9]。
相看笑有泪，各怨人事忙。
罢兮晚霞好，为我复斜阳。
醉卧忽惊心，触目房上梁。
昔年燕垒巢，黄口[10]闹草堂。
忆我为儿时，先父持家章。
亲手置枣苗，与我并头长。
一日三洒水，为裔结蜜瓤。
朝露白马隙，一睹泪沾床。
燕去残穴在，尘来蛛网长。
庭前树已死，光干风中响。
先位坟上草，冻结十年霜。
幼年成斯夫，黄鹤正南翔。

焉知关天命，不如燕垒长。
感此心觳觫[11]，存意有凄凉。
安能留日月，一剑断阴阳。
复我十年夏，再孝双亲堂。
来从泰山过，生云复茫茫。
志怀本初衷，驱马随新王。
八年历陶钧[12]，一蹶弃飞黄[13]。
此身虽不才，弗敢藏衷肠。
一语答圣朝，也思报尧唐。
衷肠无人识，所贵皆虚狂。
连年谋争斗，权术起萧墙。
我本蓬蒿人[14]，尤尊意舒畅。
未肯将此身，随人久低昂[15]。
楼高早得月，花好故向阳。
将芜胡不归[16]，无复待醴浆[17]。
莫道田园苦，田园空气朗。
笔墨由纵横，天地驰青黄。
遭际如漂蓬，不敢求花王[18]。
漫步觅芳草，白头共骨黄。
旦期有营茔，蜡梅栽向阳。
心血育寒蕾，技干连苍茫。
日暮多风雪，间或传芬芳。

【解题】这是作者仿照杜甫《自京赴奉先县咏怀五百字》而作的一首古风，诗中详细记载了此次探家的过程，所见所闻及自己的感慨，比较完整地反映作者的当兵经历及当时的心态。

【注释】①幽燕：指北京一代。②峥嵘：本指山势高峻奇伟，此处指才能气概不凡。③锡罂：罂，一种口小腹大的酒容器，此处指用锡制作的酒壶。④黄粱：粟米名。此处应指用黄粱做的酒。⑤温酿：温热的酒。⑥唏嘘：感叹，叹息。⑦捉藏儿：童年时在一起玩捉迷藏的伙伴。⑧河工期：挖河的工期。⑨参商：指参星与商星。参指白虎七宿中的参宿，商指苍龙七宿中的心宿，是宿的别称。参宿在西，心宿在东，二者在星空中此出彼没，彼出此没，因此常用来比喻人分离不得相见。⑩黄口：通常指孺子、小儿，此处指乳燕。⑪ 心觳觫：心惊而颤抖。这里形容因为时间过得飞快而感到震惊。⑫ 历陶钧：陶均是制作陶器所用的转轮。汉桓宽《盐铁论·遵道》：“辞若循环，转若陶钧。”比喻陶冶、造就。⑬ 弃飞黄：倒装语，被飞黄所弃的意思。⑭ 蓬蒿人：在蓬草和蒿莱之间生活的人，指乡间的平民百姓。⑮ 随人久低昂：自己的命运自己不能做主，只能随着别人的意志忽低忽昂。⑯“将芜胡不归”：引自晋代陶渊明《归去来辞》中的句子，原文是：“归去来兮，田园将芜胡不归！”作者引用此句也是寄托思归的心思。⑰ 待醴浆：醴浆，甜酒。置酒宴请宾客时不再为不嗜酒者准备甜酒。叫作“醴浆不设”。比喻待人礼貌渐衰。

含有怠客、慢客和逐客的意思。⑱ 花王：花中之魁，此指容颜出众的女子。

（古风）饮别四川、北京诸战友

一九六七年

寥落①星阑干②，蟾宫③缺复圆。
人生本参差④，四齐⑤尤且难。
去岁送天津，今又辞四川。
别来三千地，一去不复还。
借君一杯酒，浇我肺腑言。
人生本如梦，聚散皆是缘。
相处莫抵牾⑥，珍重事上官。

【解题】一九六七年，作者所在部队里一部分战士复员，此为送别之作。

【注释】①寥落：稀疏。②阑干：横斜的样子。出自刘方平《夜月》：“更深月色半人家，北斗阑干南斗斜。”③蟾宫：月亮。④参差：长短不齐，此喻不顺利。⑤四齐：又称四美，有两种解释，一指读、思、学、行皆有成就；二指良辰、美景、赏心、悦事。⑥抵牾：抵触、矛盾。

（七律）别赠张武标

一九六八年

十年①交往到京华，足迹何曾半步差。
学报西楼②破密码，垦荒东海③战蚊蛇。
镜中白发惊初现，梦里勋功恨晚加④。
约共同干三百斛，看听捷报走传车⑤。

【解题】张武标：河北省石家庄市人，原为石家庄铁路大厂工人。一九六一年入伍，长作者两岁，一九六八年复员。他曾经被调到济南学习报务，后被分配到潍坊机场，又与作者一同调到北京，是作者军中好友之一。

【注释】①十年：作者与张武标于一九六二年相识，一九六八年分离，相处多年。此处说十年，举其大数，表示相处得很久。②学报西楼：指一九六二年，共同在济南报务训练队西楼学习报务和在潍坊机场用密码译电之事。③垦荒东海：指同在天津军粮城农场开垦海滩种植水稻的事。④恨晚加：直到临近退役才被加于奖励。⑤传车：古代驿站的专用车辆。用于传递皇帝的奖励命令或用来递解要犯。

（七律·新韵）别赠贾喜堂同志

一九六八年

十年军旅忆吾兄，才俊少年夸老成[①]。
小试心仪[②]占魁首，初临战备树奇功。
萧何月下追韩信，挚友人前壮饯行。
此去春风堪鼓舞，花迎叶送马蹄轻。

【解题】贾喜堂：河北省石家庄市人，原为石家庄铁路大厂工人。一九六一年入伍，长作者两岁，他于一九六二年与作者同时被调入北京，是作者的军中好友，一九六八年复员。

【注释】①老成：老练成熟。②心仪：心中向往的。

（七律）送别河北三战友

一九六八年

分手人前志满怀，激情痛饮酒三杯。
空余利刃难酬国，岂肯残躯卧草莱。
人道平原善养士，焉知燕赵地生才[①]。
英雄用武休愁老，万两黄金高筑台[②]。

【注释】①燕赵地生才：韩愈《送董邵南序》“燕赵古称多慷慨悲歌之士”。自古以来，人们便说燕赵一带多有慷慨悲歌的豪侠之士。②黄金高筑台：公元前三一一年，燕昭王在易水旁修筑黄金台，广招天下人才，乐毅、邹衍、剧辛等前来投奔。此处意为这些复员的战友不要愁英雄无用武之地，国家不会埋没人才。

（七律·新韵）送张杏木复员回天津

一九六六年

世间聚散本如云①，已是零丁又送君②。
风断秀枝因树茂③，心存良善自根深。
长忧国事朱颜老，多感情怀噩梦频。
此去琴声更独断，高山流水忆知音。

【解题】张杏木：天津市人。一九六一年入伍，一九六八年退役，为作者军中好友之一。

【注释】①聚散本如云：此喻人生无常，聚散如天上之浮云。②因为送别了很多战友，已经觉得很孤单了，现在又要送别你。③“木秀于林，风必摧之；堆出于岸，流必湍之，行高于人，众必非之。”这句话原出自三国时期魏国人李康的《运命论》。比喻才能或品行出众的人，容易受到嫉妒、指责。

（七律）送邱贻波回益都

一九六九年

益都山水自相宜，何事绊君归意迟。
报国徒然心未变，治军已是道分歧。
田园菜熟三杯酒，几案风清一首诗。
如是人生足堪慰，明朝好写去来辞。

【解题】邱贻波：山东省益都县人。一九五九年入伍，一九六九年转业回原籍，是作者的好友。

（七律·新韵）送赵学义回山西

一九六七年

春风乍暖又别君，聚散飘零浑似云。
处久原知潜忧事，长违卜命任曲伸。
玉轮结露湿人眼，暗蕊分香刺客心。
晚看江云生暮树，鬓霜欲染老纶巾。

【解题】赵学义：山西省太原市人，一九五六年入伍，一九六七年转业回原籍，作者军中好友。

（七律·新韵）赠别赵澍

一九六九年

三秋①催马送君归，桥上空余乱柳垂。
淀有菰莼②耐回味，酒失知己欲停杯。
情同兄弟十年暖，命到中流两地违。
落叶几回窗外过，北风唳雁又一吹。

【注释】①三秋：晚秋，秋尽。②菰莼：菰菜、莼羹。《世说新语·说鉴》：“翰因见秋风起，乃思吴中菰菜、莼羹、鲈鱼脍，曰：‘人生贵在适志，何能羁宦数千里以要名爵乎！遂命驾而归’。”赵澍的家在河北省清苑县，近白洋淀，作者觉得那里的莼菜味道一定很鲜美，赵澍应该像张翰一样不愿意出来做官。

（七律）记西院藏经楼前梧桐开花

一九六九年春

树老梧桐三百年，春来紫蕊上华颠。
分香未肯随人后，吐翠谁能出马前。
挽茑缠身争雨露，藤萝仗势任攀缘[①]。
腹中空有铜音板，何日金声振玉[②]弦。

【解题】作者所居住的军营西邻原是一座喇嘛庙，一九六四年经国务院批准将此庙划归军营，成了军队的家属院。此处所云西院即指此。

【注释】①挽茑和藤萝皆为寄生植物，需缠绕于其他植物身上方可生存。此处指趋炎附势的小人。②金声振玉：语出《孟子·万章下》是说梧桐可以制成像焦尾琴那样的乐器，发出金声玉振的声响。

（七律·新韵）再游卧佛寺

一九六九年

寺中风景在眉前，松影深钟看远山。
芳草连茵已铺地，绿杨破雾欲齐天。
目中云散随风走，身外荣华不我干。
多少豪杰终悟透，皈依不晚坐青毡。

【解题】卧佛寺：又称为十方普觉寺，位于北京市海淀区寿牛山南麓，因寺内有一尊巨大的释迦牟尼佛铜像而得名。

冬跋十首

一九七〇年二月五日至三月七日，余参加了全军第二次冬季拉练，涉延庆、怀柔、怀来、涿县、昌平五县计五百二十五千米，时值严冬风雪常伴，北国冰封，江山峥嵘，沿途北上，遂成十首，不揣涂鸦，聊记于后。

一、（七律）雪后检练过延庆北

烛龙[①]战罢飞残甲，笼统江山玉裹些[②]。
冰刻云峰插剑护[③]，风传刁斗[④]戏银蛇。
宋亡北国惊庭马，金起宁城走贡车[⑤]。
四海抚平无战事，备边枥马动胡笳[⑥]。

【解题】一九六九年三月，中苏在珍宝岛发生武装冲突，苏军在中蒙边境陈兵百万。一九六九年十月，全军进入战备状态，野营拉练序幕由部队率先拉开，全民大练兵正式开始，这是当时全军进行野营拉练的时代背景。作者所参加的这次拉练是全军第二次野营拉练，时间为一九七〇年二月五日至一九七〇年三月七日，行程为五百二十五千米。

【注释】①烛龙：蛰居于北方的龙，主司天地寒冷。②些：句末语气词，与“了”意同。③剑护：剑套。④刁斗：古代军中用具，形状大小似斗，有柄。白天用来烧饭，晚上敲击巡逻。陆游《关山月》：“戍楼刁斗催落月”。⑤金在汉朝称挹娄，宁城在汉朝是匈奴集体祭祀天地的地方，地在今内蒙古塔米尔河岸。⑥胡笳：《太平御览》（卷五八一）载：“笳者，胡人卷芦叶吹之以作乐也，故谓曰胡笳。”原始的胡笳，曾用于战争之中。西汉之时已广泛流行于塞北和西域一带。

二、（古风）行将别

行将别，兵士出关旗猎猎。发符应觉白虹[①]生，演兵誓教昴头[②]灭。我辈生为汉家子，岂忍北国俄虏问鼎鼐[③]。问君何须双眉摧，一声珍重酒一杯。军储千日养兵马，将士一旦报国家。国破焉有家在哉？弯弓欲射大漠回。

【注释】①白虹：日月周围的白色晕圈，古人认为人间有战事，就会引起这种天象的变化。②昴头：又作旄头，即昴宿。古人认为昴宿明亮预示将有战争。③问鼎：禹铸九鼎传至周，象征国家政权，问鼎即觊觎政权。

三、（古风）甸村早发

寒天昨夜战玉龙①，塞外忽成白玉京②。
莽原遍植珊瑚树③，村柳倒垂银条冰。
呼吸凝眉霜须老④，腾踏无音军旅轻。
已报前锋入关隘，军歌撩亮太白星。

【注释】①战玉龙：指雪花飞舞。语出北宋张元的《咏雪》：“战罢玉龙三百万，败鳞残甲满天飞。”②白玉京：语出唐李白《经乱离后天恩流夜郎忆旧游书怀》：“天上白玉京，十二楼五城。”这里指雪后的世界就像天上的白玉京。③珊瑚树：珊瑚是珊瑚虫群体的骨骼化石。雪后树枝就像一片珊瑚树一样。④霜须老：眉毛胡须都凝结上霜，像突然变老一样。

四、（七律·新韵）土木城怀古

塞城古镇气萧森，天子蒙尘①事可温。
殿竖铁碑②真命主，宫加利刃③女明君。
谈兵纸上④困龙种，养宦萧墙起祸根。
土木营前白骨地，千秋野鬼泣招魂。

【解题】土木堡位于河北省张家口市怀来县境内，明代曾在此发生“土木之变”。现今已变成了一个普通的小村庄，作者拉练时途经此处并温习了这段历史，写下了这首诗。

【注释】①蒙尘：蒙受屈辱，古称天子被迫出奔为蒙尘。见《左传·鲁僖公二十四年》：“天子蒙尘于外，敢不奔向官守。”这里指明英宗被瓦剌俘获。②殿竖铁碑：洪武十七年（一三八四年），朱元璋特意铸了一块铁牌，悬挂在宫门上。铁牌上写着：“内臣不得干预政事，犯者斩。”③宫加利刃：明英宗的曾祖母张氏以待皇帝起居不力的罪名欲杀掉宦官王振，朱祁镇下跪为他求情请求获免。这句赞美张氏能视蛊祸于未萌，称得上是女中尧舜。④谈兵纸上：指王振及朱祁镇不懂战略战术只会纸上谈兵，以致招来“土木之变”的惨祸。

五、（古风）黑风口记

君不见，黑风口①。朔风卷石满地走！燕山拥雪三尺厚，烛龙呼吸寒宇宙，冻结觌楼②成垒块，枯草堆里白骨朽，百年华夏为弱族，此关多见入强虏。

军威振振歌声吼，红旗翩翩雪中舞。三军昨日传羽檄③，欲将干戚④会北虏⑤。登此黑风口，北望轩辕台⑥。胡马隐约秋草白，炎黄二帝安在哉？青臀子弟⑦今又来，我辈纵有一口气，不教虏蹄踏我一寸土。

【注释】①黑风口：作者拉练途中经过的一个山口，应在北京延庆县境内。②觌楼：又称敌楼。城墙上御敌的城楼。也叫谯楼。③羽檄：古代军事文书，插鸟羽以示紧急，必须迅速传递。④干戚：传说是上古时代刑天反抗天庭统治所用的武器，干是盾牌，戚是大斧。⑤北虏：此处指陈兵百万的苏修军队。⑥轩辕台：北京市平谷区平谷城东北渔子山上有大冢，世传为轩辕黄帝陵，俗称轩辕台。⑦青臀子弟：臀部长有青色胎记的人据说是黄帝的后裔，青臀子弟指中华儿女。

六、（七律·新韵）过居庸关

庸关拒守介夫功①，不废明园一扫空②。
万里长城徒卧虎，千秋锁钥③枉盘龙。
河关走马血连泪，青史翻书恨满声。
自古哀师④遵教训，后昆今欲请长缨。

【解题】居庸关位于京北长城至高峰八达岭以南十千米，是防守京北门户的重镇，历代王朝在此设防。一九七一年冬，作者在拉练途中两次经过居庸关，《过居庸关》和《居庸关》两首皆为怀古诗，作者因为居庸关的险要，联想到清王朝因为政治腐败，招来外夷入侵的悲惨历史，进而说明了练兵的重要性，表现了作者对国家安全防务的关心和誓死捍卫祖国的决心。

【注释】①介夫功：介夫，一夫。一个人即可完成防守的任务。形容关防险要或地势险要。②明园一扫空：明园即圆明园。1860 年英法联军纵火焚烧圆明园，大火三日不灭，圆明园及附近的园区均被烧成一片废墟。③锁钥：指锁和钥匙，用以扃固门户箱匣的器具。比喻军事重镇、出入要道。八达岭的北关门上刻“北门锁钥”四字。④哀师：指受压迫而拥有正义的队伍。哀兵必胜，意思是对抗的两军，充满悲愤心情的一方，必定能获得胜利。

七、（古风）居庸关

庸关高，庸关雄，庸关虎踞一夫功。一人关防万国固，百年遗恨明园空。弱国门户人刀下[1]，海军实力颐园中。三年血战空染缨，青石台上泪水倾。

【注释】①此句出自陆征祥之语“弱国无公义，弱国无外交”。陆征祥生于一八七一年，一八八四年就读于上海广方言馆，后入北京同文馆习外文，尤精俄文。一八九三年担任中国驻俄罗斯大使馆翻译官。袁世凯称帝期间，曾短暂出任国务卿职务。

八、（古绝）仰董存瑞故居

谁言小民一命轻，英雄本色生死中。
临危羞煞谈兵将，举雷无畏天地惊。

【解题】董存瑞故乡在河北省怀来县南山堡，这里建有董存瑞纪念馆，作者拉练时曾在此住宿并接受爱国主义教育。

九、（古风）警夜

大雪起白烟，口外[1]风助旋。
鞍马连甲冻，将士和衣眠。
夜半看昴星，五更分令传[2]。
军糇[3]慎勿用，乃志在榆关[4]。

【解题】宿营时作者担任夜间警戒，此即时之作。

【注释】①口外：山口之外，指张家口以北地区。②分令传：分别传达的口令。③军糇：从军时携带的干粮。④榆关：古称山海关为榆关、渝关、临闾关。

十、（七律）雪地行军过狼山谷口

关山冻彻路难开，雪里行营战鼓催。
午定干糇餐四海，暮投宿处杏花台[①]。
红旗引向色如绽，觱篥[②]吹翻声似雷。
命令新颁殿后[③]者，三军走马夜衔枚[④]。

【解题】狼山乡地处怀来县东部，北靠燕山，南临官厅水库，东距北京一百一十公里，西距张家口一百〇五公里，狼山险峰耸立，沟壑纵横。部队拉练途经此地。

【注释】①“四海”“杏花台”皆为作者拉练时经过的地方。“杏花台”疑为“杏树台”之误，杏树台在延庆县境内。②觱篥：古代的一种管乐器，形似喇叭，以芦苇做嘴，以竹做管，吹出的声音悲凄，作者的故乡郓城县将螺号称“别列”，即觱篥的俗称，此处指军号。③殿后：押后部队，行军时处在最后的护卫部队。④枚：古代行军时，士卒口衔用以防止喧哗的器具，形如筷子。

（古风）行军吟

十日急行军，七日大风雪。
原来塞北地，都是玉山河。
军行有速限，汗衣无干着。
羽书十万急，不容埋坑锅[①]。
白雪和军糇，随时餍[②]饥渴。
敌虏问北陲[③]，旦夕动干戈。
名姓昨书章[④]，兵士今验血。
君看乡亲情，化作炉上火。
翁进莜麦羹[⑤]，妪烧水烫脚。
尽夜烤军鞋，天明好跋涉。

【注释】①埋坑锅；战时环境下，战士吃饭，要选地挖坑，支锅做饭，称之为埋锅造饭。埋锅造饭的时间有一定限制，一般从埋锅开始至用餐结束最多不能超过四十五分钟。这里因为军情紧急所以说不容埋坑锅。②餍：压抑，压制。③北陲：北方边境。④名姓昨书章：将战士的名字、血型及所在部队书写在领章的背面，以备牺牲后处理遗体和伤后施行急救。⑤莜麦羹：一种用莜麦做的粥羹。

（古风）长陵谷小栖

塞外关山奇，古来称锁钥。
天公何所赐，飞沙与走石。
云埋群壑暗[1]，雪断万峰虚。
军行头上过，路绕云中飞。
藤萝多倒挂，松柏绝壁立。
余核留松鼠，遗栗饷山鸡。
指挥为决断，此地宜阻击。

【解题】长陵谷：作者拉练时经过的一个山谷，位置在北京市昌平县境内。

【注释】①云雾的笼罩下群壑显得幽深莫测。雪后群峰与彤云融为一体藏于虚无之中。这两句描写行军所见，比喻确切、写景真实。

（古风）夜袭狼山

燕山雪花真如席，狼山谷口风凄凄。
三军夜袭狼山堡，百里行军无声息。
军衣雪满照夜白，险塞路滑惊鸟飞。
自古兵家重夜战，从来声东为击西。
男儿吃得苦中苦，一战方可报紫微[1]。

【注释】①紫微：星座名，即北极星，象征皇帝居住的地方。

（七律·新韵）辛亥冬至寄汉阳友人

一九七一年

茅舍残存败草中，山居但与鸟窝通。
旧风过户年将尽，新雪击窗火正红。
块垒拥怀因酒满，诗书经岁报家空。
尤思匹马西南去[1]，短信叠成一剪封。

【注释】①西南：李怀义被远谪至汉阳，汉阳在作者居住地西南方，故有此语。

（五律）送蒋三平出差东北

一九七二年

寂寞蝉声唱，秋林散野芳。
京城还酷暑，关外已初凉。
近体余微疾，远途无厚装①。
分心欲相护，千里伴行藏②。

【解题】蒋三平：一九四九年生人，北京市朝阳区味精厂化验员。一九七二年与作者结婚，1973 年因患白血病去世。

【注释】①无厚装：行李简单。②行藏：行止，此处指旅程。

（古风）壬子清明寄书保定友人

一九七二年

弟本山东人，十六始出郡。
年少多壮志，誓勿坠凡尘。
习文万家书，学画①于贺本。
抱剑②无所施，悒悒③抚青琴。
寄人檐下④寒，羁绊入梦魂。
世风尚虚荣，利害争浮沉。
一自分手后，白眼向世人。
焉能长羁留，察颜⑤逐世尘。
昨日获鱼书⑥，今欲入柴门⑦。
关山连壮士，浩气结长存。
齐鲁与燕北，千里唱和频。

【解题】保定友人，指转业后居住在保定的战友赵澍。这是一首表达作者青年时期对自己前途有所展望和看法的诗。

【注释】①学画：作者在二十世纪六十年代初期曾经学习和临摹岭南派画家贺天健的山水。②抱剑：指怀中抱着锋利的武器，有着非凡的本事和抱负。③悒悒：忧郁，愁闷。④寄人檐下：

比喻依附别人生活。⑤察颜：看别人的脸色行事。⑥鱼书：信的别称。⑦柴门：又称蓬门。用柴草编织成的门。通常用来形容贫寒的家或自己的家。

（古绝）无题三首

一九七三年十一月

一

青春①未满二十三，洞房花烛泪未干②。
怒魂岂息九泉下，千秋万代锁江山。

二

梦妆惊醒残夜寒，身影咫尺欲呼言。
此痛未必人皆有，忽知新死在眼前。

三

书夹红叶偶翻出，娇妻赠我于香庐③。
容音今年何处觅，痴魂夜夜伴征途。

【解题】作者的前妻蒋三平在与作者结婚一年后因患白血病去世，爱妻的死给了他极大的痛苦、刺激和沉重打击，这是作者料理完后事回到部队写下的即事诗，字里行间浸满了作者饱含血泪的深情。

【注释】①青春：蒋氏一九五〇年出生一九七二年去世，周岁未满二十三岁就去世了。②蒋氏与作者结婚不足一年而逝，布置的洞房花烛尚未陈旧，故云洞房花烛泪未干。③香庐：即香炉峰，北京香山最高峰。

（七律）秋夕闻琴

一九七三年十一月

暮雨平添秋夕哀，琴声兀自①乱徘徊。
林悲鸟语湿花泪，草荐萤光示冢台②。
身影无途九泉见，佚容③有语梦中来。
留存一像沉书底，百岁④前头未忍开。

【解题】作者前妻于一九七二年七月病死，此为丧妻后所作。

【注释】①兀自：独自。②冢台：坟头。③佚容：美好的面容。佚，美好。《楚辞·离骚》：“望瑶台之偃蹇兮，见有娀之佚女。”④百岁：自己有生之年。

（七律·新韵）岁尾记怀

一九七四年

双寒已过年关近，大雪封山未起身。
一自娇[①]妻新病死，几回残梦遇祎嫔[②]。
曾于想象同归鲁，今为痴言独奠人。
遥虑高堂闻讣讯，忧思转恐泪沾巾。

【解题】一九七四年春节，部队鉴于作者新婚丧妻特准予回家探望老母过年。这是作者第二次回山东探家，此诗写于此次探家之前。

【注释】①娇：美好。②祎嫔：此指品貌德行皆美好的亡妻。祎，特指德行美好。张衡《东京赋》：“汉帝之德，侯其祎而。”嫔，对死去的妻子的爱称。

（古风）闻筝

一九七四年一月

秦人制古筝[①]，欲与世争雄。
玉指推三江[②]，素手驭蛟龙。
云崩涛卷雪，月明星隐空。
利刃裁蛟绡，万籁静无声[③]。
悠悠紫气来[④]，款款德道成。
摧此百年心，来临经纬中。
幽恨兀突起，石破天地惊。
存贮上皇意，鏖战狼准兵[⑤]。
挥剑扫六合[⑥]，历块[⑦]过山东。
血溅万马蹄，开张百石[⑧]弓。
至今声霹雳，犹存函关风。

【注释】①汉代刘熙《释名》“施弦高急，筝筝然也”，故名筝。战国时期已广泛流行，而于秦国尤盛，史称秦筝。《史记·李斯谏逐客书》：“夫击瓮、叩缻、弹筝、博髀而歌呼呜呜，快耳目者，真秦之声也。”②筝弦弹奏的声音十分悠扬，好像推动三江之水。③声音戛然而止，如利刃划断丝帛。白居易《琵琶行》：“曲终收拨当心画，四弦一声如裂帛。”④《史记·老子韩非列传》：“于是老子乃著书上下篇，言道德之意五千余言而去，莫知其所终。”汉代刘向《列仙传》：“老子西游，关令尹喜。望见有紫气浮关，而老子果乘青牛而过也。”后遂以“紫气东来”表示祥瑞。⑤筝声激烈之处如雄兵鏖战。狼准兵，指秦始皇的兵马，史记称秦始“皇蜂目狼准”。⑥出自李白《秦王扫六合》：“秦王扫六合，虎视何雄哉！挥剑决浮云，诸侯尽西来。”⑦历块：形容奔马之疾速。⑧百石：一石即一担，一担等于一百斤。古代大力士需是拉得开九石强弓的人。百弹弓是说秦人臂力之大。

（古风）题赵从瑞首长居室所挂八骏图

一九七四年

葡萄生北国[1]，龙马产沙漠[2]。
汉武崇此物，百年用干戈。
开边心未已，和亲计将拙。
可怜百重骨，不图帝王阁[3]。

【解题】赵从瑞，作者所在部队大队长。

【注释】①中国最早关于“葡萄”的文字记载是《诗经》，但里面说的是野葡萄，今天我们习惯上说的葡萄，指的是欧洲葡萄，是在汉武帝时期才来到中国的。②我国古代曾将汗血宝马称为天马、龙马、大宛马（大宛是古西域国名）。张骞出使西域后，喜爱宝马的汉武帝特铸金马，想换取汗血宝马，结果被拒绝，后派大将李广利率大军远征大宛国。大宛国人难以抵挡，才同意向汉朝提供良马。③百重骨：指战死沙场的尸骨。帝王阁：指封建帝王为了纪念开国功臣而建立的纪念楼阁，如汉代的麒麟阁、唐代的凌烟阁等。

（七律）桥东记事

一九七四年秋

石板桥东草径西，晨生云雾午听溪。
禅心对虎三声笑[1]，媚骨寻源半步迷。
明月有钱何处买，青山无价怎搬提。
至今犹把松堂[2]忆，杯酒曾弹涴燕泥。

【解题】松堂与军营之间有石桥一座横跨山涧，此处林荫蔽日，溪水潺潺，幽静宜人。此诗为忆旧之作。

【注释】①对虎三声笑：即虎溪三笑：虎溪三笑之说始自唐代，至宋代李龙眠首作三笑图，智圆并为之作图赞，成为脍炙人口之美谈。宋代陈舜俞《庐山记》（卷一）："昔远师送客过此，虎辄号鸣，故名焉。时陶元亮居栗里，山南。陆修静亦有道之士。远师尝送此二人，与语道合，不觉过之，因相与大笑。今世传《三笑图》，盖起于此。"②松堂：松堂位于香山团城演武厅附近，原是焚香寺旁的石敞厅"来远斋"。焚香寺建于清乾隆十四年，是高宗皇帝来团城阅兵时休息之地。来远斋坐西朝东，结构全部用汉白玉石建造。后有古朴的叠石，玲珑剔透。敞厅为近百株白皮松包围，松堂之名由此而来。

（古风）除夕纪怀

一九七四年二月

新鳏归家枯眼热，邻里相见唯慰言。
生身尚有老母在，弹泪不合在眼前。
坎廪[①]寻常好归命，生死乍来本是缘。
身入黄泉万事休，眼放长途百种难。
更忆去岁除夕夜，共剪窗烛过新年。

【解题】作者在一九七四年春节曾被允许回山东探望母亲，《除夕纪怀》《寄怀》皆为当时所作。

【注释】①坎廪：困顿不得意。《楚辞·九辩》："坎壈兮贫士失职而志不平。"

（七律·新韵）寄怀

一九七四年

夜空如水月如弓，世态炎凉我更逢。
葬罢娇妻遭另眼，换来服彩[①]落闲声。
听天由命恶能忍[②]，泛水浮尘志怎行[③]。
困顿原知乃积聚，天边滚滚是雷霆。

【注释】①服彩：新衣服。②命运相加，自己无能为力，别人恶言相向也只能忍受。③自己的命运像被水冲走的浮尘，长此以往心中的志向又怎能实现呢？

（七律）与王家瑞、马连生同饮香山公园玉华山庄

一九七四年

香园[①]别后草生途，梦里桃红总欲枯。
蒙昧[②]空惭三折股[③]，抬头未肯一躬躯。
岁增回首多归命，路远瞻前懒问巫。
且把余钱招故友，差强沽满酒葫芦。

【解题】王家瑞，北京市人。一九五〇年入伍，一九七〇—一九七五年任作者所在部队副政委，二〇〇〇年因病去世。他是作者军中好友之一。马连生，河北省石家庄市人。一九四二年出生，一九六一年入伍，一九七八年转业回石家庄铁路大厂，一九八一年在指挥机车牵引时因钢丝绳崩断击中头部去世。他与作者同时入伍，是作者的亲密战友。玉华山庄在香山公园内，位于香山公园中心地带，原为明代玉华寺，后改建为山庄，是饮茶、用餐、观赏红叶的好地方。

【注释】①香园：北京市香山公园。②蒙昧：指对世事的不觉悟。③三折股：比喻对某事阅历多，有亲身经历，经验丰富，出自唐代欧阳詹《送洪孺卿赴举序》：“三折股为良医。予五升词场，四遭掎摭，是以窃知乎文则。”

第二卷

（古风）登山

一九七四年

登山直如登苍穹，东望帝京红尘中。
红尘喧嚣几千年，悲欢离合附秋风。
四极峰顶裹云烟，吾身飘飘欲成仙。
遥看红叶秋烂漫，想象雪中玉枝干。
山上藤萝绕人衣，草中倏忽飞山鸡。
欲扯白云兜酸枣，怜断百虫声唧唧。
峰回路转踏山花，松竹茂处有人家。
村夫汲水秦衣服，牧童牵牛汉髻丫[①]。
或问今年稔收[②]否？老叟扩耳[③]年事老。
自云不争世外事，家给或许得一饱。
指点坡下作谷物，村头篱边种菜蔬。
粗茶淡饭差可及，或无余力纳地租。
吃盐点火何处钱，鸡鸭泛蛋[④]猪拱年[⑤]。
膝下子女种果林，年来支出在果田。
闲来辟地扫山石，座下白云与山齐。
楚河汉界袖间过，万里江山一盘棋。
君来何须谈纷纭，山花当茶可待人。
为我上复今太守[⑥]，心静甘为原宪贫[⑦]。
我性不慕轩冕荣[⑧]，更逢此景心怦怦。
憾我不生此山中，白发空教人转蓬。
山路遥遥隔烟霞，关津何处是归家。
回望茅屋云埋尽，鹤岭[⑨]空余人叹嗟。

【解题】此山是指香山红旗村西的万安山，北法海寺及晏公祠等遗址就在此地。作者在这首诗里描绘了一个与世无争的“山中世外桃源”，这首诗也可以看作是作者对世外桃源的向往，寄托着像陶渊明一样的情怀。

【注释】①汉髻丫：儿童梳着像汉朝那样的发髻。说明民风朴素。②稔收：作物成熟，意为庄稼丰收。③扩耳：将手掌括起放在耳朵上，表示年老耳背。④泛蛋：下蛋。⑤猪拱年：肥猪拱年是吉庆话，这里是说用喂猪的收入来过年。⑥太守：此处指地方官。⑦原宪贫：效仿贤士安贫乐道。⑧轩冕荣：指做官带来的荣耀。语出李白《经乱离后天恩流夜郎忆旧游》：“试涉霸王略，将期轩冕荣。”轩，车子。冕，高官戴的礼帽。⑨鹤岭：作者登临的山岭的名称。

古绝三首

一九七四年

（一）盘石

落叶积压成粪土，盘石滚来当危屋。
涧草自存不息志，年年根从此地出。

（二）山花

山花留人断归路，闲云欲傍草庐住。
问起乡关看东南[1]，兰山远在天尽处。

（三）日暮

雪漫西山吾住处，把酒归来寻无路。
山雀偎檐作甚语？琵琶声里日向暮。

【解题】《古绝三首》以涧草年年从磐石底下茁壮生长的自然现象歌颂了山草的顽强，这既是作者的自勉，也是作者对经历困顿的羁旅生涯的认识。

【注释】①看东南：作者的家乡鲁西南在北京市的东南部，故有此语。

（古风）庚戌年迁西山新居遇雷雹

一九七四年

狂风驱云来西北，四合无光天泼墨。
时有热风夹腥气，忽转冷雨迎面吹。
山鸟失持向人飞，懦夫柔女相依偎。
回看北窗血闪裂，又听古殿老树摧。
蛟龙腾云天撞破，银河决口任意落。
电耀红尘照浊沫，雷落山根入漩涡。
六合喧喧唯水声，山洪滚石天地惊。
人呼屋瓦响丁丁，俄而刀战十万兵。
雹垒击屋复坠地，穿窗破门入堂中。
吾谓雹冰何晶莹，就中灵犀与天通。
际会发奋击虺虫，如何鼓荡入民风。
天光大笑三时开，着意玄武[1]驱尘霾。
一时或难分鱼龙，顺者昌存逆者衰。
世间万事皆如此，泥沙俱下难为齐。
奔龙驱螭[2]沃不及，万方苍生变为鱼[3]。
上庭震怒在一时，或者燮理[4]失调剂。
一场劫来摧故绿，应年生长不可期。
但可惜花闭泪眼，暂勿重瞳[5]视陁泥[6]。
夜深万籁终寂寂，云开月移影凄凄。
卧听涧水自奔流，羁旅如闻人叹息。

【解题】庚戌年为一九七〇年，作者所在部队于一九六九年六七月份从黄寺迁往西山。此回忆之作。

【注释】①玄武：《后汉书·王梁传》："玄武，水神之名。"雨水为万物生长所需，且水能灭火，所以玄武的属性为水。②驱螭：螭龙，传说中的龙的第二子，可置于房顶上以避火灾。③语出干宝《搜神记》（卷二十）。韩愈《月蚀诗效玉川子作》："尧呼大水存十日，不惜万国赤子鱼头生。"④燮理：调理。⑤重瞳：黑眼球中两个瞳仁谓之重瞳，传说舜是重瞳。⑥陁泥：崩塌的泥土。

（古风）长城述怀

一九七四年九月

巍巍长城兮嗟尔弥空，东起沧海兮西穷咸京[1]。
逶迤王气兮关山与共，骖龙驭螭兮远交近攻。
被山带河[2]兮六国一统，六世余烈[3]兮秦王应命。
天下承风兮车书同轨[4]，记碑勒石兮光垂休铭[5]。
悲哉须臾兮好大喜功，焚书坑儒兮唯腴唯听。
起土骊山兮诛灭功臣，蜂目狼准兮刚戾自用。
上乐为威兮治天下专刑，江神送璧[6]兮祖龙驾崩。
余此辒车[7]兮与鲍同臭[8]，金椁寒灰[9]兮千载品评。
吾登长城兮极骋目千里，悠悠白云兮谡谡秋风。
百二竹书[10]兮宁非贪权，五巡天下兮昭告崇隆[11]。
原豪杰遍野兮岂囿于山东，一人发难兮天下响应。
布衣之位兮非尊于齐楚，锄櫌棘矜兮非利于銛兵。
笑华渭为墙兮龙宫空大，招八州为朝兮徒驱千乘。
身死人手兮徒为天下笑，民不归心兮如履薄冰。
虑难计谥兮而设始皇，惊何如速兮二世而亡。
民不畏死兮何以死畏之，水故可载舟兮亦可覆倾。
叹千年之下兮昭昭此理，问古往今来兮孰与不同。

【解题】八达岭长城位于北京市延庆县军都山关沟古道北口，为居庸关的重要前哨，古称“居庸之险不在关而在八达岭”。作者所在部队的一部分驻军在延庆县的西灰岭，八达岭长城是出入的必经之地。

【注释】①明朝时的起始点也在老龙头附近，已沉于海底。②被山带河：指秦国形势险要。③六世余烈：奋六世之余烈，语出贾谊《过秦论》。④车书同轨：是赞美秦始皇统一全国功绩的词句。⑤光垂休铭：是秦丞相李斯为秦始皇登临会稽撰写的石刻铭文的最后一句。意思是与天地同辉。⑥江神送璧：语出《史记·秦始皇本纪》。⑦辒车：一种用竹席遮避阳光又能通风的车，供古人夏天乘坐，有避暑的作用。亦用作丧车。⑧与鲍同臭：语出《史记·秦始皇本纪》⑨金椁寒灰：语出李白《秦皇扫六合》“徐市载秦女，楼船几时回。但见三泉下，金棺葬寒灰”。秦始皇求长生不老的仙药未果，只能将尸骨变成金椁银棺中的寒灰。⑩百二竹书：语出《史记·秦始皇本纪》。⑪ 昭告崇隆：指秦始皇每次出巡都要向全国发出昭告，勒石记铭。

西山绝句

一

草见阶前春水绿，残冰消尽溢清池。
黄明山涧柳千树，月白松荫梨一枝。

二

军号翻吹夜色沉，营桓①息驻枕戈②人。
我闻将相本无种，昆仲③谁堪济世伦。

三

成败兴亡万事空，西山晚景忆亭亭④。
云屯松驻桥亲水，茅舍人家图画中。

四

西山秋意使人哀，细雨经旬天未开。
几处钟声来古寺，风烟云雾裹楼台。

五

休道山中云雾屯，分明岩岫有灵根。
文章千古神功在，何必苦寻黄叶村⑤。

六

西望群峰波浪连，松荫尽处起炊烟。
空劳文墨思秦洞⑥，何处人耕世外田。

【解题】这里说的西山即西山松堂营房。

【注释】①营桓：营房。桓，古代军营、衙署门前竖立的木桩。又叫桓表，华表。②枕戈：睡觉时把枪置于枕下表示随时准备打仗。③昆仲：弟兄们。④亭亭：明丽的样子。⑤黄叶村：地名，相传是《红楼梦》作者曹雪芹晚年移居西山著书立说的地方。⑥秦洞：源于晋陶渊明《桃花源记》，后人遂以“秦人古洞”作为逃避灾难的代名词。

（古风）白松堂歌

一九七五年四月

西山白松[1]遮天地，百株枝柯相交际。
风进风出成阴雨，日出日落生云霓[2]。
或云历经明鼎革，耄人恍惚难记忆。
乾隆来登阅武楼[3]，已为华盖[4]迎清帝。
当时景象故威武，足下[5]也曾帝王居[6]。
至今荒亭遗一碑[7]，犹把往事说迷离。
人云地接实胜寺[8]，寺做香火升云际[9]。
败砖残瓦剩无几，条石支离东北隅。
我从前年迁西山，山中景物不胜记。
青山叠翠绝人寰，小桥流水生诗意。
帝心忽遣玉女[10]来，倚松赠我双佩玉。
人面桃花已殊途，此地竟作相思地。
世间代谢[11]多萧疏，草深往往藏鬼蜮。
生为松柏不易折，更逢雪虐发正气。
咄咄不为擎天柱，狺狺反被樵人制。
每有京中西山客，为问西山白松居。
勿学吾徒埋蒿草，老死犹作雕虫技。
天地正气固难泯，白松岂能无宏志。
安得六月阴云低，一声霹雳龙飞去。

【解题】在西山的团城演武厅西南曾建有梵香寺、长龄寺。梵香寺于乾隆十四年改建。如今的松堂就是梵香寺旁的小敞厅，名“来远斋”，是焚香寺仅有的遗迹。

【注释】①白松：北京西山松堂所植松树为白皮松。白皮松，常绿乔木，枝轮生，冬芽显著，芽鳞多数，覆瓦状排列，是中国特有树种之一。②云霓：语出《说文》：“霓，屈虹青赤或白色阴气也。”③北京西山团城演武厅位于北京西山下的香山南麓，始建于乾隆十四年。它是北京仅有的一组别具特色的城池式武备建筑，是北京仅存的集城池、殿宇、亭台、校场混为一体的武备建筑群，也是乾隆皇帝检阅清兵和接见有功将士的地方。④华盖：本指皇帝出行时的仪仗青龙伞，此处指白皮松已经长成，可以像华盖一样庇护皇帝。⑤足下：指白皮松。⑥帝王居：皇帝居住的地方。指乾隆皇帝曾经在白皮松下宴请征剿西川吐司的有功将士。⑦荒亭遗一碑：这里所说的“荒亭”指“来远斋”旧址，作者居住松堂时，石亭已经支离荒芜、破败不堪，故曰荒亭。⑧实胜寺：实胜寺故址在团城阅武楼西南，一说在松堂北邻。⑨一八六〇年英法联军火烧圆明园，西山一带的诸多寺庙如宝谛寺、宝相寺、长龄寺、方圆庙、梵香寺、实胜寺皆被英法联军焚毁。实胜寺也毁于那场劫火。⑩玉女：美丽的女子。此处指自己的前妻。⑪代谢：指人世间的更替。唐孟浩然《与诸子登岘山》："人事有代谢，往来成古今。"

（七律·新韵）长城咏事

一九七四年秋

势禀余威故不虚，十年戎马渡东鱼[①]。
六国兵败朝西向，一介夫来问北极。
百二关门空闭锁，千寻河渭枉陈迹。
亡秦争解知何意，古月茫茫人叹息。

【注释】①度东鱼：河鱼东渡，语出《史记·秦始皇本纪》："八年河鱼大上，轻车重马东就食。"

（古风）雷雨

一九七四年六月

怒极不胜帝[①]，共工头触之。
苍穹银河倾，霹雳震四极。
狂风摧庭树，涧湍走危石。
期凉剪酷暑，讵意成荡涤[②]。
凄惨悲花眼，暂勿视陁泥。

【注释】①语出《淮南子·天文》："昔者，共工与颛顼争为帝，不胜，怒而触不周之山，天柱折，地维绝。天倾西北，故日月星辰移焉；地不满东南，故水潦尘埃归焉。"②没想到受到如此大的破坏。

（古风）见心斋风竹歌

一九七五年七月

双竹曾做马，山塌留一根①。
牢记娥英泪，斑迹致终身。
魇根②盘石下，不发如沉沦。
本非庸草木，岂能久无闻。
感得春雷动，茁茁露青鳞。
一发三百丈，再发耸入云。
凿骨得洞箫，疾风传商羽③。
意欲将悲欢，来做梁父吟④。
期日辞壶公⑤，腾跳出龙门。
本性向日月，志在济苍旻⑥。
毛羽不失性，犹可驱世尘。

【解题】见心斋在北京香山公园内。建于明代嘉靖年间，清嘉庆年间重修，是皇帝训诫臣属的地方。

【注释】①比喻前妻已逝似双竹折断一根。②魇根：竹子的根被压在磐石下，比喻受压抑。③商羽：五音中的商声和羽声，亦泛指曲调。④梁父吟：《梁甫吟》亦作《梁父吟》，是古代用作葬歌的一支民间曲调，音调悲切凄苦。古辞今已不传。⑤壶公：又名玄壶子，悬壶翁。是东汉时期的卖药人，传说他常悬一壶于市肆中出诊，市罢辄跳入壶中。后来历代医学家学成开业为人治病，多称之为“悬壶”。⑥济苍旻：志在扫除天上的浮云。

（古风）拜卧佛寺陪故人礼辛长老

一九七五年十月

秋来冥冥气萧杀，衰草纷披乱如麻。
松径惹人入翠竹，曲栏招我过黄花。
静斋兰熏竹帘动，皂袍白靴雍容静。
一杯山茶通身世，两句贝叶①说天命。
子蹈凡尘应有年，孽海一见似有缘。
投壶②未必非前境，事来皆可悟心田。
足下灵犀达苍玄③，书通五车而立年。
细将近事多回首，能与轮理无纠缠。
千年唯有佛心长，幻海青灯总慈航④。
三生石上故人债，一片痴情都抵偿。
我佛得道独自在⑤，天子犹来送锦鞋⑥。
尔心犹然坠尘埃，对此晃如混沌开。
长老说法生光芒，羞惭形骸无处藏。
出门顿觉花如雨⑦，回路始感秋风凉。
荦确⑧山路长执手，握手再三语在口。
丈夫还须争奋进，人生奈何穷此丑⑨。
从此一别即入冬，仕途往往少春风。
六根⑩不必立断绝，佛山原来在心中。
我从李广学击胡，老死不封又何如。
年来悲心逝此女，却被长老说殊途。
金光猞猁百宝瓶，做人蟳蝣红尘中。
大哉佛法包天地，我做何来又何去。
至道不远三五反，兰若⑪才是好去地。

【注释】①贝叶：贝叶是柠榈科植物贝叶棕，古书上记载为贝多树，生长于热带和亚热带地区。用贝叶刻写的贝叶经书，具有防潮、防蛀、防腐等特点，可保存百年而不烂。这里指佛经。②投壶：汉朝东方朔《神异经·东荒经》：“东荒山中有大石室，东王公居焉……恒与一玉女投壶，每投千二百娇。设有入不出者，天为之嘘（叹息）。”这里用此典故喻指自己命运坎坷就像玉女投壶没有投中。③苍玄：幽深冥晦不可预知的事。④慈航：佛教语。佛以慈悲之心度人，如航船之济众，使脱离生死苦海。⑤自在：自在是一种无拘无束的逍遥境界，佛教以心离烦恼之系缚，通达无碍为自在。⑥锦鞋：用丝锦做成的鞋，在卧佛寺铜佛之旁陈列有历代帝王为佛做的锦鞋。⑦花如雨：传说梁武帝时云光法师讲经，感动了上天，天上纷纷落下花来。形容说话有声有色，极其动听。⑧荦确：不平坦。韩愈《山石》："山石荦确行径微，黄昏到寺蝙蝠飞。"⑨穷此丑：指作者陷于妻子去世的悲痛之中。⑩六根：六情。指六种感觉器官或认识能力。⑪ 兰若：指佛教的寺院。

（古风）题飞将军列传

一九七五年十二月

汉家自有飞将军，神矢开僻边界春。
击胡未必知数奇，略地何惜百战身。
闻道有水不先饮，更将士卒多休存。
马冲匈奴七十阵，箭没白羽六十春。
皇亲本是将相种，失道何须多责询。
后昆谁解千古恨，唯有一剑报圣君。

【解题】李广，汉武帝时陇西成纪人，封右将军，与匈奴大小七十余战。因其用兵如神匈奴呼之为"飞将军"，但终未封侯。汉武帝元狩四年，李广因与大将军卫青失会合之期受责自杀。死时六十余岁。这首怀古诗赞颂了李广爱护士兵身先士卒的大将风度，对他的坎坷遭遇深表同情。

（七律）读陶潜先生文

一九七五年

能抛县令不躬身①，翻做桃花源里人。
兀傲安能官斗米，文章却可照千春。
东篱采菊传诗意，西岑空杯②叹酒醇。
穷到蓬茅存骨气，诸公谁与比天真。

【注释】①义熙元年（四〇五年）叔父陶逵介绍陶渊明任彭泽县令，到任八十一天，碰到浔阳郡派遣都邮至，属吏说："当束带迎之。"他叹道："我岂能为五斗米向乡里小儿折腰。"遂授印去职。②西岑空杯：义熙四年，陶渊明住地上京失火，迁至栗里，生活较为困难。如逢丰收，还可以"欢会酌春酒，摘我园中蔬"；如遇灾年，则"夏日抱长饥，寒夜冽被眠"。

（古风）论陶渊明

一九七五年

小节似散金，大志比星辰。
斗米耻折腰，一鞭不着民。
种菊堪明志，对山悟天真。
故园惜已芜[①]，将老怜光阴。
一篇桃花源，传诵憬后昆。
文章与品格，千古第一人[②]。

【注释】①故园惜已芜：陶渊明《归去来辞》：“归去来兮，田园将芜，胡不归？”②千古第一人：这是欧阳修盛赞陶渊明的话“有诗人以来无此句者。然则渊明趋向不群，词彩精拔，晋宋之间，一人而已”。

秋风歌

一九七三年十月

秋风发西旻[①]，玉宇为恻恻[②]。举杯对摇落，临风以为歌。夫子生天地，暂短如黄叶。常欲驾龙车，腾踏揽明月。天门在清虚[③]，此志无由涉。十年观国宾[④]，未免长蹉跎。人生有时势，悲哉大风歌。回望射雕处，唯天秋寥廓。

【注释】①西旻：秋天。李峤《八月奉教》诗：“清尊对旻序，高宴有馀欢。”②恻恻：凄凉悲伤的样子。杜甫《梦李白》：“死别已吞声，生别常恻恻。”③清虚：天之高处，指无法看到的地方。④观国宾：流落京城的人，作者自指。语出杜甫《奉赠韦左丞丈二十二韵》：“甫昔少年日，早充观国宾。”

（古风）桂花香何似

一九七七年二月

桂花香何似？麦黄杏熟时。
仕女采熏衣，征人动乡思。
南风瞟垄亩，麦熟兢一日。
一粒黄金粟，多少血汗滴。
把麦换黄杏，黄杏香如许。
一年食几枚，悠悠味相依。

【解题】这是一首回忆童年的诗。花的香气与作者家乡的黄杏有相似之处，引起了作者对家乡麦收季节的回忆，充满对家乡的思念。

（七律·新韵）寓居山村

一九七七年

小小山村未有名，清溪碧水草桥横。
偶因沽酒赊前店，常欲得鱼仿钓翁。
买杏称桃旧门里，摸蝉打兔树林中。
当时不吝[1]光阴贵，老去思来一梦空。

【解题】这里说的山村应是军营所在的顺义县东华山村。
【注释】①不吝：不觉得。

（古风）诗《前赤壁赋》

一九七七年秋

一年一度秋跚跚，白露横江水接天。
几处夜空布牛斗，一轮明月上东山。
苏子与客意缠绵，才情横溢风流年。
片叶苇舟游赤壁，乘风羽化虚无间。
击兰棹[1]兮歌玉盘，咏窈窕兮思云端。
姣人[2]僚劳[3]繁心序，手把寒宫顾流眄。
箫声斐斐[4]江中间，千般思绪附悠然。
良辰美景何处有，江上秋月几回圆。
余音不尽转凄寒，如怨如诉凭谁传。
停杯止歌回意绪[5]，苏子与客俱愀然[6]。
问君何须意伤惨，泣潜龙兮舞深渊。
更触舛迕[7]弹不得，临风不得开欢颜。
客人为问整秋衣，犹见赤壁鏊兵机[8]。
荆州既破下江陵，曹瞒眼中一世虚。
当时舳舻[9]连千里，雄才横槊大江诗[10]。
江东人物集一时，公瑾时年三十一。
不劳吴王宰牛刀，颦眉一展烟灰飞。
大江汹汹吞渚矶，夏口武昌皆未移。
为问英雄今安在？江流赤壁空陈迹。
大才尚且长寂寂，你我蜉蝣真一粟。
欲挽明月知不能，更慕江水无穷期。
托诸遗响成悲风，且举匏樽[11]共一夕。
苏子闻言意粲然，智者何其不达观。
自将变移看万物，天地曾不[12]一瞬间。
自将不变看万物，我与天地同期年[13]。
山川风物故长在，喧嚣人世也久传。
至于盈缩[14]世常有，悲欢离合古难全。
造物有情遍惠人，唯有智者得习玩。

今夜清风明月好，取之不费一分钱。
劝君勿做生死悲，达人岂为羁旅[15]恋。
一席言语茅塞[16]宽，客为添酒重把盏。
兴尽斛斗[17]人酩酊，箸压肴核[18]杯零乱。
小艓漂泊随风逐，主客相枕梦深甜。
不知扁舟宿何处，水鸟声中夜色残[19]。

【解题】《前赤壁赋》是苏轼一篇优美的抒情散文，文章除用流畅优美的文字赞美了山川的秀丽、风月的闲逸外，更向人们阐述了一种天人长存、物我同在、淡泊功名、及时行乐的达观思想，这是作者十分欣赏的。《前赤壁赋》就是把这篇优美的散文的意境用诗的形式再现出来。

【注释】①兰棹：用玉兰木制成的船桨，表示高洁轻巧。唐黄滔《送君南浦赋》“玉窗之归步愁举，兰棹之移声忍闻。”②姣人：美人。姣，美好的意思，指容貌体态美好。③僚劳：牵动情肠。语出《诗经·国风·陈风·月出》：“月出皎兮，佼人僚兮。舒窈纠兮，劳心悄兮。”④斐斐：声音悠远。⑤意绪：心情愁绪。⑥愀然：形容神色变得严肃或不愉快。⑦舛迕：错忤不顺利。⑧鏊兵机：比喻用兵的能力。鏊同鏖，苦战，僵持，较劲。⑨舳舻：形容船多，首尾相接，千里不绝。舳，船后持舵处；舻，船前刺棹处。⑩横槊大江诗：槊，古代一种形似戟的武器，横槊赋诗特指曹操。⑪匏樽：用葫芦做的酒具。⑫曾不：还不是，不也是。⑬同期年：同时存在于天地之间。同年，同时。⑭盈缩：长短，指生命的长短。⑮羁旅：本指寄居他乡，此处指生活在人间。李白《拟古》（十二首第九）：“生者为过客，死者为归人。天地一逆旅，同悲万古尘。”⑯茅塞：比喻人思路闭塞或不懂事。⑰斛斗：斛与斗，皆量器名。十升为斗，十斗为斛。诗中用斛斗是夸大饮酒的数量。⑱肴核：肉类和果类食品。⑲夜色残：夜色将尽，天近黎明。

（七律·新韵）登八达岭三首

一九七七年十月

一

秋山如锁卧苍龙，关隘南开几万重。
云里戍楼[1]刁斗在，城头锋火战云同。
京师固守山河险，麾纛[2]犹多将士雄。
无奈天骄纵胡马，衮衣[3]不耻狩西戎[4]。

二

极目苍山枫叶红，北门往事似秋风。
明园火尽君臣死，后土割脔⑤霸业空。
国耻犹存铭古炮，深仇常在铸铜钟。
为谁驻马一挥泪，地有女杰冯婉贞⑥。

三

云中桥跨似青龙⑦，北望长城南望京。
泪眼空看铁骑过，世仇永记故园空。
浪余⑧筹策说秋狝⑨，未肯兴亡附练兵。
国弱从来多噩梦，雄狮一醒动天风。

【解题】八达岭长城位于军都山关沟古道北口，号称天下九塞之一，是居庸关长城的前哨，更是都城北京的重要屏障，历来是兵家必争之地。一九〇〇年六月，八国联军攻入北京，北京城破之日，慈禧太后带着光绪帝仓皇出逃，狼狈不堪地出西直门，过八达岭，一路颠簸，逃到陕西西安。作者的这首诗就是在登上八达岭长城俯视美景而引发的怀古诗，诗中对清朝政府的腐败无能寄予以谴斥，对人民抗击敌人的行动放声讴歌。

【注释】①戍楼：边防驻军的瞭望楼。②麾纛：即麾旌。纛，大旗。③衮衣：王公大臣的衣服，此处指皇帝及臣僚。④狩西戎：狩西戎是对慈禧太后挟帝逃亡陕西的恭维的说词。狩，打猎，特指冬天打猎。西戎，我国古代对西北少数民族的总称。⑤后土割脔：脔肉块，此处指国土。割脔，割地。⑥冯婉贞：清咸丰年间北京谢庄人，祖籍山东。咸丰十年，英法侵略军占领北京以后，四处掳掠，十九岁的冯婉贞与父亲冯三保一起，带领民团打败英法军队，保护了谢庄百姓的生命和财产安全。⑦青龙：青龙桥在北京市延庆县八达岭森林公园红叶岭景区以北，是京张铁路的必经地。⑧浪余：空余。⑨秋狝：国君秋季狩猎谓之秋狝。

（七律·新韵）过大山子

一九七七年

路近东郊已怕行，故人犹忆望尘中。
荒坟隔土经三岁，泪雨托言梦五更。
宿命宽心说舛忤，道家因果论前生。
我听谵语姑一笑，恩爱于人未许同。

【解题】大山子是北京东直门发往东郊机场等地公共汽车的车站名，作者前妻的家在大山子以北的五合村，作者每次回家都从大山子下车。这首诗是在作者前妻死后四年所作，描绘了作者路过大山子时，心情的悲酸苦楚，寄托了作者对前妻的思念。

（七律·新韵）又赴军粮城农场

一九七七年

粮城春雨染荒滩，农场一别又几年。
震处犹存忆生死，故人相见话辛酸。
十番劫历经秦汉，一望绿来如洞天。
此去皇都不思蜀，却将稼穑比桃源。

【解题】作者自一九六三至一九七六年共计十次赴军粮城农场劳动，这是作者当兵二十年间最后一次去军粮城农场，农场刚刚经历了唐山地震的损害，房屋震裂，马棚震塌，沿途的电线杆都被地震甩向一边。震后余生的战友们故地重逢自是别有一番滋味，这首诗及其余几首皆为当时之作。

（七律·新韵）军粮城农场呈宁处长

一九七七年

草滩芦苇水接天，军旅开荒复戍边。
土舍茅屋亲手垒，稻粮蔬菜自收田。
事非经历不知苦，饭必躬耕始悟甘。
此乃人生大学问，设身处地味一番。

【解题】宁宝玉，约一九四五年参加国民党马步芳军，后转为解放军，卒年不详，时任团后勤处处长。

（七律·新韵）饮后酬农场彭队长

一九七七年

人到粮城心自宽，芦荻荇草水接天。
稻田雾晓飞白鹭，杨柳枝浓响杜鹃。
春种秋收凭血汗，升迁沉降比刁钻。
三杯但讲丰年事，醉倒堂前就地眠。

【解题】彭队长即彭春武，时任农场生产队队长。

（七律）军粮城晤故排长鲁宝贵

一九七七年

阔别泉城十五春①，不期邂逅于天津。
壮怀曾赴援朝路，老志空忧伏枥屯。
两代忠贞两代守，一朝天子一朝臣。
更无言语相回赠，好把清茶慰苦辛。

【解题】鲁宝贵，天津军粮城苗街人，约于一九五二至一九五三年入伍，参加过抗美援朝战争。一九六一至一九六二年初夏，作者在济南学习报务，鲁宝贵任排长兼报务教员，曾是作者的老师。后来作者在军粮城劳动期间曾到位于军粮城的空军总场洗澡，与鲁宝贵偶遇，此时鲁已因患脑血栓转业，但不如人意，双方晤谈很久，感慨良多。

【注释】①作者自一九六二年夏与鲁宝贵分开至这次相遇已经过去了十五年。

（五律·新韵）军粮城别赠鲁宝贵首长

一九七七年

人生悲短暂，百岁走忽焉。
今日杖藜者，当时一少年。
韶华付浩渺，壮志笑空谈。
漫侮衰翁在，同侪多不全。

（七绝·新韵）春意五首

一九七七年

一

卫水[①]新葭断细波，平芜翠柳暗残云。
东风作画已谙练，随意点乱[②]都是春。

二

路边枝杈渐发红，残雪消来草暗生。
能使彤云[③]成浅雾，便知天上是春风。

三

沃土回湿知地暖，鸥凫亮羽海风寒。
封堤柳外春阴暗，水墨丹青初染天。

四

风驻长途久无雨，云移广野雾空蒙[④]。
乡思望断汉唐路[⑤]，芳草萋萋[⑥]故垒[⑦]情。

五

斗鸡走马[⑧]亦升官，稼穑艰难复种田。
可见人间遵正道，不随奸宄易中坚。

【注释】①卫水：指流经天津市区的卫河。卫河发源于太行山南麓，干流长四百多千米。流经河南省、河北省、山东省，经天津市区东流入海，流域面积一万四千九百七十平方千米。②点玨：画家随意点染，是画花卉的一种技法。③彤云：冬天下雪前的云，厚云。④空蒙：空中充满淡淡的雾气。⑤汉唐路：此处指通往汉沽和塘沽的路。⑥芳草萋萋：代指思念故人的心情。出自《楚辞》："王孙游兮不归，春草生兮萋萋。"⑦故垒：故乡。⑧斗鸡走马：斗鸡和赛马。古代的赌博游戏。这里代指不务正业。

（古风）有歌吟

一九七七年二月

光辉金匾绣周公，尧本无心看后生。
兰英呜咽人心碎，全场休幕十分钟。
有歌有歌绣金匾，琵琶弹泪湿管弦。
难寻苍梧葬君处，但见九州篁林斑。
有歌有歌绣金扁，临风悲伤瓯[1]不园。
五尺扁担[2]肩天下，为民重启新河山。
有歌有歌绣金匾，淮安一别[3]人未还。
尽撒骨灰酬中华，令人仰慕白云间。

【解题】一九七七年春节，著名歌唱家郭兰英在民族文化宫演唱陕北民歌《绣金匾》，以纪念刚刚故世的毛泽东、周恩来、朱德三位领导人，真情灼炽、泪流满面，含泪勉强终曲。全场观众数千人皆痛哭失声，以致演出休幕十分钟。

【注释】①瓯：盛酒器，喻国家版图，如《南史·朱异传》："我国家犹若金瓯，无一伤缺。"②五尺扁担：朱德在井冈山担粮时用过的扁担。③淮安一别：周恩来出生于江苏淮安，后离开家乡，投身于革命事业，再未回到淮安。

（五律）春日游卧佛寺

一九七七年

来游卧佛寺，处处走林荫。
山色千秋画，泉声万古琴。
花繁知昼暖，叶茂想根深。
此别须珍重，春光不负襟。

（五律·新韵）复游卧佛寺

一九七七年

佛祖侧身卧，秋山正面出。
万松遮古路，一水响篁竹。
大彻弗参道，小儒乱点书。
清纯心若在，恒念俱归无。

（五律）赠卧佛寺辛长老

一九七七年

恒念禅房冷，不知梵界幽。
江山容我静，名利任人求。
知少能长寿，思多易白头。
钟林休笑晚，合掌已三秋。

（五律·新韵）题卧佛寺香客

一九七八年

因缘礼佛祖，寻路向秋山。
渲瀑涤尘树，金声报隐泉。
天开花烂漫，日落鸟飞还。
禅定知无物，钟声独自传。

（古风）读《项羽本纪》

一九七八年

文章雕虫乃小技，辍学偏就万人敌。
止口初识竖儿胆，斩守倒卷龙虎旗。
凶凶天下愁失鹿，六载号令在叔侄。
亡命草创英雄史，诬之沐猴也已极。
向使剖圭从亚父，天下安得姓刘氏。
力拔山兮气盖世，项庄舞剑空凄凄。
飞镲①徒劳匹夫勇，揖卿怅然妇人慈。
放虎归山初恨晚，乌江止步堪噬脐②。
一身五裂换封侯，霸业瞬间成霹雳。
虞姬悲歌血溅幕，乌骓绝料气断围。
尽翻两千年来史，谁人为君一鸣啼。

【注释】①飞镲：镲为剑柄下的坠饰，飞镲即为挥舞宝剑。②噬脐：用自己的牙齿去咬自己的肚脐，是不可能办到的事。比喻后悔也来不及。

（七律）游香山见心斋

一九七七年九月

苍松翠柏绕楼台，幽径强分茂竹开。
寒水经冬梦流去，春风临暖雁归来。
檐前昨降沃花雨，窗外今闻砺志雷。
我亦轻装重上阵，扬鞭催马趱崔嵬。

（七律·新韵）游香山森玉笏

一九七七年

天设奇峰森玉笏，松涛万顷伴香庐[1]。
人心朝拜文明始，身影形成天地初。
补罢苍天遗一柱，沾来泪水几多书。
只今唯有残亭在，指点云烟说有无。

【解题】森玉笏在香山公园东南部，耸立于山谷间的高大石壁，宛如朝天玉笏，故乾隆皇帝命名“森玉笏”。

【注释】①香庐：指香炉峰，因峰顶有云雾缭绕得名。

（七律）复河北保定战友书

一九七八年

燕赵西风扫故丘，关山万里一回眸。
当时年少催征马，今岁新霜欲染头。
叶落风尘心俱在，萍飘浊水更须谋。
男儿自有鲲鹏志[1]，仗剑何愁王不留[2]。

【解题】河北保定战友指赵澍。赵澍见卷一《就医于四六六医院答赵澍》注。

【注释】①鲲鹏志：喻指高远的志向。②王不留：出自《史记·淮阴侯列传》：“信数与萧何语，何奇之。至南郑，诸将行道亡者数十人，信度何等已数言上，上不我用，即亡。”

（七律）军营迁至顺义因忆松堂旧址

一九七八年

十年寒暑[①]住松堂，一旦别离思感伤。
鸟道蜿蜒上班路，层崖错落宿身房。
饥来野地寻蔬果，馋到荆丛套猞狼[②]。
最是深秋观不够，叶花满岭尽红黄。

【解题】作者所在部队于一九七六年年底从西山松堂迁至顺义县东华山营房。

【注释】①十年寒暑：作者于一九六九年从市里迁往西山，至一九七六年从西山迁至顺义，共居松堂营房八年。②猞狼：一种长嘴的野狗。

（七律·新韵）顺义营房记事

一九七八年

三载栖身鹿耳山，鹿门采药仿前贤[①]。
菊花明目清心火，生地滋阴保肾肝。
兵老逍遥是非外，人闲垂钓岸溪间。
问君何处定终止[②]，斗笠蓑衣绿水边。

【注释】①出自晋皇甫谧《高士传》：庞德公"携其妻子登鹿门山，因采药不反。"②定终止：作者写这首诗时正值转业前夕，此处指转业之后的去向。

（古绝）春日自奠

一九七八年

陌头杨柳几回新，春风着意来乡邻。
病身敢览桃花笑[①]，缥缈[②]只疑是故人[③]。

【注释】①桃花笑：桃花盛开。语出唐代崔护的《题都城南庄》。②缥缈：恍惚。③故人：逝去的人，指作者的前妻。

（七律）赠王勤同志

一九七八年

仗剑辞行别帝州，檐间细雨夜生愁。
寻因幻境云消散，问道巉途[1]事可求。
织泪凝珠忆鲛女，化虹有带托吴钩[2]。
而今回首俱如梦，了却功名好自谋。

【解题】王勤，天津人。一九七四年入伍，是作者迁居顺义后的好友。

【注释】①巉途：艰难的路途。②吴钩：是春秋时期在吴越一带流行的刀剑，属冷兵器。

（古绝）到密云水库

一九七八年十月

江流到此即为家，无限青峰藏烟霞。
秋风点乱密云好，人民水库人民夸。

【解题】密云水库于一九五八年九月至一九六〇年九月修建，是当时亚洲最大的人工湖，被人们称为燕山明珠，避暑胜地。

（古风）过牛栏山口

一九七八年十月

长天飞落木，白云浮归雁。
流溪近成碧，关山远望蓝。
故人消沉久，老家梦魂断。
有意收残骨，未抵瘴江边。

【解题】此为纪念前妻所作。牛栏山，乡镇名，位于北京市顺义区北部，潮白河西岸。相传山洞中有金牛出现，故曰牛栏山。

（七律）雨日寄靳庆之

一九七八年

一封书信念寒窗，戎马生崖亦感伤。
望鹄辍耕[①]成昔话，关雎咏句说残章[②]。
志争人事心徒有，命蹇歧途力不将。
早欲辟除三径路[③]，东归未晚论菊香。

【解题】靳庆之，山东省嘉祥县人。幼年随父寓居郓城，是作者中学时期的同班同学。

【注释】①望鹄辍耕：指年少时就胸怀大志。②《关雎》是《诗经》的第一篇，这里代指自己的婚姻之事。③三径路：指归隐者的家园。

（七律·新韵）马连生批准转业滞留京中有寄

一九七八年

秋风漫卷忆旋蓬[①]，一剑报君托死生[②]。
沧海劫来知恨水，荆山砺罢识新硎[③]。
赤心偶现危言后，肝胆独留岁月中。
此去长途喜分道，扬鞭但趱马蹄轻。

【解题】马连生，于1977年由部队转业回地方，按照当时的政策，应同在北京工作的妻子一道返回故乡石家庄，其妻不愿将户口迁出北京，部队出面协调不通，故马连生仍滞留京中。

【注释】①旋蓬：旋转的蓬草。②此句是“身留一剑答君恩”的化用。语出唐代刘长卿《献淮宁军节度使李相公》：“家散万金酬士死，身留一剑答君恩。”③此句语出《韩非子》：“楚人和氏得玉璞楚山中，奉而献之厉王。”

（七律）霜降咏菊

一九七七年

大秋漠漠司[1]晨昏，尚有黄花独傍门。
骨硬心通近久仰，气同互敬远相尊。
炎凉知耻因君在，富贵疏文[2]为我存。
可恨新霜不缓颊[3]，西风陵虐又吹埙。

【注释】①司：管理，掌管。②富贵疏文：富贵与文章是很难有交集的。③不缓颊：不给情面，不给面子。

（七律·新韵）寓居西黄寺逢雪有作

一九七八年

新雪霏霏[1]欲满天，觉来何处是乡关。
撩人宿酒近炉煮，托意琵琶向幕弹。
警报常随鸡叫醒，积习枉费枕戈眠。
一别幕府[2]疏宵柝[3]，寄梦常回战友边。

【解题】此时作者之妻屈氏已于一九七七年十月随军，将临时之家安在团部西黄寺，作者与妻子共在西黄寺居住两年，故有此作。从诗的最后一联可以看出作者已得到将要转业离开部队的消息。

【注释】①霏霏：雨雪下得紧的样子。②幕府：幕府本指将领的军帐，此处指团部。③疏宵柝：古代军中打更用的梆子。

（七律）戊午秋留饮马连生有赠

一九七九年

秋风细雨去京华，送别于时意转嗟。
同是龆年[1]图报国，怎期人老共回家。
侦听万里终非梦，抄送中枢功可嘉。
更信青春未轻抛，西山黄寺[2]忆生崖。

【注释】①龆年：童年、少年。此处指作者和马连生都是在年轻的十七八岁就投身军旅生涯。②西山黄寺：作者当兵驻军较长的两个地方。

（古绝）寄春

一九七九年三月

玉帝抨訇[1]震天鼓，四月春风染故都。
但愿桃李满天下，莫使新径化茀途[2]。

【注释】①抨訇：擂动、敲击状，此处喻指打雷。②茀途：野草塞路。

（五律·新韵）观荷

一九七九年

心中正气通，直道[1]对苍穹。
不惧污泥染，敢开出水英[2]。
妍媸归造化，贱傲固根生。
三咏爱莲赋，潸然忆古松。

【注释】①直道：正道。指正确的道理、准则。②英：鲜花。

（七绝）午钓乐事

一九八八年

顽童戏水日中午，荷叶田田溅玉珠。
忽地折成头上伞，问翁垂钓得鱼无。

【解题】一群儿童在河塘洗澡，弄得荷叶溅满水珠。由于破坏了荷塘的宁静，作者也钓不到鱼。这群孩子忽然折荷为伞来到作者钓鱼的地方，大声问钓到鱼儿没有。诗虽四句却写出了孩子们的天真活泼和作者对孩子们的喜爱和无奈。

（七律·新韵）复呈项羽

一九七九年

青史竹书论俊豪，独称项羽是龙蛟。
兵临城下雄关破，麾指坝头天地摇。
三户亡秦[①]志答楚，一舟不渡血污袍。
江东父老长相忆，岁岁哀思动古箫。

【注释】①三户亡秦：语出《史记·项羽本纪》：“夫秦灭六国，楚最无罪。自怀王入秦不反，楚人怜之至今，故楚南公曰‘楚虽三户，亡秦必楚’也。”

（七律·新韵）题西山曹雪芹故居

一九七七年秋

一

西指遥闻黄叶村[①]，百年风雨枉临门。
前因未解都成梦，后世有缘才聚分。
哭罢金陵十二女，葬归宝黛两痴魂。
羞于唐宋分豪俊，大笔如椽[②]留后人。

二

绳床瓦灶[③]走逡巡[④]，叶绿叶黄一古村。
车马门前寻旧梦，青坟身后吊知音。
字凝血泪价难减，纸贵洛阳值万金。
多少文人驻足处，为说云岭陡千寻[⑤]。

【注释】①黄叶村：据说是曹雪芹晚年著书的地方。②大笔如椽：原指夸赞别人文笔雄健有力或文章气势宏大。现多指大作家、大手笔。③指简陋的生活用具，形容非常贫穷。绳床：交椅，也叫胡床；瓦灶：土坯炉灶。④逡巡：徘徊不敢向前。此处指坎坷难进。⑤云岭陡千寻：云岭指高入云中的山峰，喻指曹雪芹的名著《红楼梦》。作者认为曹氏所写《红楼梦》是高入云霄的“山峰”，后人很难超越。

（七律·新韵）王群生将归天津因以有赠

一九七九年底

出京忽感路途遥，帝阙回眸楼宇高。
万缕繁华梦中散，千般往事雾云消。
西风怀旧泪一捧，东皋[①]扬鞭马几飙[②]。
从此勋心[③]随老骥，盘弓大漠射胡雕。

【注释】①东皋：水边的高地，此指东华山。②飙：飞奔。③勋心：建功立业之心。

（七律·新韵）再游鹿耳山村

一九七八年

一岑横陈似锦屏，山居颇有汉唐风。
樊篱犬吠鸡升树，古木镶墙石做瓴[①]。
待客煎茶动古井，宴宾宰兔嗜荤腥。
桃源归路谁知道，醉里铁铃起暮钟。

【解题】诗中所写为作者在东华村做客的情景。
【注释】①瓴：房屋上仰盖的瓦，亦称“瓦沟”。此处指用石头片做成的瓦。

（七律·新韵）复窦中队长书

一九七九年

年近四十觉体累，已非黄寺请缨为①。
岂堪入党增疣痞②，忍向红旗暗抹灰。
马过蟾蜍君莫笑③，人得逐鹿我无悲。
但争国事少一眚④，滚滚前尘意懒追。

【注释】①黄寺请缨为：作者一九六九年前居住在西黄寺，那时候朝气蓬勃，主动请缨参战。②疣痞：言自己年岁已增，已经成了部队的累赘。疣，赘疣；痞，痞块。③化用唐代韩愈《符读书城南》："飞黄腾踏去，不能顾蟾蜍。"的句子，韩诗的原意是名马"飞黄"腾踏飞奔，对地上慢慢爬行的蟾蜍无暇顾及。这里指自己虽如慢慢爬行的蟾蜍，但对从自己眼前飞奔而过的飞黄却并不羡慕。④眚：过错，麻烦。

（古风）冬夜送黄本国兄转业回河南

一九七九年

千里河山远京门，归马一去绝烟尘。
余晖夕落新乡树①，暮雨初来曹州云②。
忆昔黄寺始相聚，阵前同怀报国心。
世事反复难预料，仕途坎坷走逡巡。
国风嘉许斗争术，世俗谁酬技艺纯。
更堪浩劫满天地，翻云覆雨动乾坤。
可怜光阴快似马，华年奈得几度春。
事过唯见霜落鬓，伤怀不堪酒入唇。
风尚应知世事改，患难永忆品德存。
握手再三勉强饭，前途正多识璞③人。

【注释】①新乡树：黄本国转业至河南省新乡市，故有此语。②曹州云：作者转业后回归故里郓城县，郓城归属菏泽地区，菏泽地区古称曹州。③识璞：此处引用和氏璧的典故，希望在未来的路途中能认识更多像黄本国这样浑金璞玉人品的人。

（七绝）山菊

一九七七年

阵阵秋风过夕阳，半坡菊老半坡黄。
无人识得山花价，空自青峰散晚香。

【解题】此诗为居住顺义东华山营房时所作。

（古风）过兖州

一九七九年冬

天时霜降后，原野白霜寒。
枯秸知已死，秋叶久缠绵。
来归齐鲁地，屈指二十年。
亲朋昨分散，新家尚未安。
人民苦斗争，国家羸动乱。
久云仓廪足，奈何仍艰难。
兖州乃一斑，街头见讨餐。
茅屋比残破，衰草偎断垣。
方知京居久，浩言多空谈。
故地复重游，热肠重滚翻。
长揖送一别，年老世味单。
且看回天力，重整新河山。
行处见杲日，奔逐近乡关。
鸡鸣郓城路，日高雾不散。

（古风）除夕夜宴族弟侄辈戏书

一九八〇年

关山万里戍边秋，壮怀长缨不须忧。
艰难岁月从军伍，计指年龄才十六。
二十年间如一梦，归来忽觉霜满头。
大帅犹自知安危，士卒从不惜头颅。
纛帐[①]歌舞日光短，边营效命岁月稠。
不堪人世多争斗，帝京风雨满城楼。
东郊荒坟[②]接衰草，铁身铜人摧残老。
姓名已作鬼箓[③]传，恩情复向梦中好。
少年壮志终蹉跎，巉途最易消日月。
故乡水酒少聚会，惜哉十年一勺醉。
我闻男儿重嘱托，功名且向云中搁。
事军事国皆不辱，与人与己两磊落。
回首此生多坎坷，犹作霜刃经砺磨。
李广不封冯唐老[④]，沙场白骨人奈何。

【解题】此应为作者转业回故乡后与族人聚会时所作。

【注释】①纛帐：古代军中统帅发号施令的地方。②东郊荒坟：作者的前妻葬于京城东郊。③鬼箓：旧时迷信的人指冥间死人的名册。④李广是汉武帝时期的将军，同匈奴作战大小共七十余次但终未封侯。冯唐：西汉人，有才能却一直不受重用。王勃《滕王阁序》句："冯唐易老，李广难封。"

第三卷

（七律·新韵）春日北门[1]游归

一九八一年

昨日山河昨日风，军人身世本浮萍。
天崖离散思千里，旧地重逢忆五更。
冻蕾忽发三月树，春江又绕四门城。
登楼北望惊昏眼，滚滚前尘接帝京。

【解题】这首诗写于作者转业回乡第二年。
【注释】①北门：此处指郓城县的北门。

（七律·新韵）梧桐

一九八〇年

一夜花开罩满城，阳和不散馨芳浓。
传闻叶茂好栖凤，实在根深似潜龙。
生是奇才身坎坷，死留清越性孤零。
愿得良匠斧斤铸，焦尾声高透九重。

（七绝·新韵）清明忆事

一九八一年春

春雨淅淅身影寒，东风别去百花残。
红衣彳亍[1]蔷薇路，也是清明紫竹园。

【解题】此为悼念已故妻子蒋氏之作。紫竹园，位于北京首都体育馆西侧，一九七二年清明时节作者曾与亡妻蒋氏在此游玩。

【注释】①彳亍：慢步行走。形容小步慢走或时走时停。

（七律·新韵）读《聊斋志异》三首

一

雁南飞落叶纷纷，细咏华章泣我魂。
万鬼隳突[1]喊冤地，千狐缥缈报仇人。
书出肺腑传新宇，揣测心音动古坟。
坎廪[2]焉能素常在，聊斋一部照乾坤。

二

异史[3]飘摇一皓翁，遗珠青卷[4]尽神功。
斋存聊味凭奇志，鬼魅踪迹听恨声。
图画奸邪勾脸谱，传承雅颂[5]采流风。
煎熬砺炼悲歌士，一代文豪愧后生。

三

空中香芷带奇文，袒臂病僧真汝身。
一世奔波少温饱，半途丧偶[6]欠尔恩。
七旬惭愧新拔贡[7]，百岁无名老匠人。
充栋文章皆粪土，看君一跃入龙门。

【解题】《聊斋志异》的创作价值及成就让作者十分倾慕，他从中学时期就开始读《聊斋志异》，到老了仍爱不释手。这是作者四十多岁后写出的赞美《聊斋志异》的诗，认为人世间不堪卒读的文章多为粪土，只有像《聊斋志异》这样的作品才是永垂不朽的惊世佳作。

【注释】①隳突：横行，骚扰。②坎廪：困顿坎坷。③异史：蒲松龄自称。④青卷：指书。⑤雅颂：《诗经》由《风》《雅》《颂》组成。雅乐为宫廷的乐曲，颂为宗庙祭祀的乐曲。⑥半途丧偶：康熙五十二年，蒲松龄的妻子刘氏去世。蒲松龄写《语内》悼念妻子。⑦蒲松龄七十一岁那年援列拔贡，补了个岁贡生。

（七律·新韵）黄昏

一九八〇年

缘梦写真何岁成，叶生叶落又一冬。
插花伴侣惜时短，顾影惊鸿①怜水空。
今日阆亭②复谁共，当年灯火满帝京。
白头吟罢强回首，风送芦笛③夕照红。

【解题】此忆旧之作。

【注释】①惊鸿：惊飞的鸿雁，形容美人体态轻盈。②阆亭：阆风亭，在香山公园内。③芦笛：一种用芦苇做成的笛子。

（七律·新韵）题香山画屏二首

一九八〇年五月

一

忙里适逢阴雨天，且宜绢素画西崦①。
斑竹泪洒三千语，松桧鳞生六百年。
过眼云烟轻似墨，入心人物重如铅。
千秋石上盘山路，却看巉岩是险关。

二

茅屋半掩松阴暗，暮雨朝云入户帘。
舒啸②登高过东皋，设标打靶住西崦。
八千子弟③故常在，一代青春去不还。
老骥卧槽思万里，犹堪伏虎过阴山。

【解题】作者曾作《西山披玉图》《松堂夏阴图》多幅，此题画之作，旨在忆旧。

【注释】①西崦：西山。②舒啸：高喊高唱。③八千子弟：《史记·项羽本记》载："籍与江东子弟八千人渡江而西"。这里指当年在西山参战的战友。

（古风）看陈近奎所画山水兼论画道诗至晚而归

一九八一年四月

苍旻[1]从不空降才，劳心苦命俱受哉。
丹青故非小子事，白头捉笔人老也。
挂壁始觉灵犀来，胸中丘壑眼底开。
少小不甘困委顿[2]，老大热血尚徘徊。
素绢经营溯沧海，水墨惨淡生云彩。
峰壑皆是生前路，古松疑为身后栽。
思路循画转苍凉，去去乃非白松堂。
忽觉人世真一梦，中介老僧说渺茫。
君看暖坳有茅屋，五柳[3]犹生一丛竹。
春来鸟语开窗读，暮雪炉酒闭户书。
桑麻耕耘皆力作，人生如此自堪足。
我兄埋没郓城县，丹青颜色无人见。
能驱云松立巍峨，也推沧海起波澜。
但原挥毫多濡写[4]，铺排水墨一万卷。
溪水转流入湖宽，遥见仙人泛蠡船[5]。
裹囊举手呼停棹，纵身跳入挂长帆。
身心从此随君去，老死五湖[6]不复还。

【解题】陈进奎，山东省郓城县陈楼村人，一九三六年生，二〇一〇年卒，郓城县著名画家，与作者为至交。陈以画梅、兰、竹、菊及山水为长。

【注释】①苍旻：苍天。②委顿：困顿，坎坷。③五柳：指晋代诗人陶渊明的住处。④濡写：指毛笔饱蘸墨汁而写。⑤蠡船：像蠡壳一样的小船。⑥五湖：太湖及附近四湖。

（七律）晚逢潘永修同志来晤谈投机至夜深归题

一九八〇年

小斋初会正烹茶，看画研文久叹嗟。
味感沧凉说坎坷，人羞无地论才华。
命违富贵疏军事[①]，心有慈廉耻供衙。
话到投机呼敬酒，为君细语种桑麻。

【解题】潘永修：山东省郓城县人，郓城县文化馆职业作家。

【注释】①疏军事：离开军事，即离开了军营。

（七律·新韵）接怀义书将从汉中回鄄因寄二首

一九八一年

一

书到柴门叶正黄，见说鞍马欲还乡。
岁临不惑兄心冷，身历巉途我鬓霜。
归晚空悲难筑舍[①]，来迟犹恐背高堂[②]。
劝君回首功名地，幻海新经几度桑。

二

京城四月正春深，天外来鸿惹忆人。
想象汉江隔瘴雾[③]，猜度秦岭阻阴云。
风尘闭塞消息远，世态炎凉故友亲。
聚首遥知总非梦，菊花酿就待清樽。

【注释】①筑舍：盖屋。这里指作者担心朋友回来时，地皮昂贵物价飞涨，难以营建住宅。②背高堂：指父母死亡，过世。③瘴雾：指南方的烟雨瘴气，借指荒凉地区。

（五律·新韵）得汉中友人将东归故里信

一九八一年

马度岭南树，足趟瘴疠[1]林。
忧国忘生死，急难事人民。
落户乡音变，经年白发新。
风尘归赤子，不敢认家门。

【注释】①瘴疠：瘴气引发的疾病。

（七律）再咏菊

一九八一年

月暗霜飞蕊正黄，叱言秋肃[1]慢嚣张。
无心托物[2]竞繁茂，有志分香斗晚芳。
共道人间逐炎热[3]，焉知草芥耻寒凉。
同谁气节共仙品，梅韵孤高竹韵狂。

【解题】作者一生喜爱菊花不畏霜欺、凌虐独放、孤芳自赏的性格，此诗是对菊花品质的赞誉。

【注释】①秋肃：秋天肃杀的气息。②托物：将心情寄托于物事。③逐炎热：趋炎附势。

（七律·新韵）广明同志来咏门前菊以赠

一九八一年初冬

我爱菊花胆气豪，风欺霜侮战狂飙。
身经坎坷临寒暑，生未逢时卧草蒿。
本性故非庸鄙辈，行藏岂肯任弯腰。
世间应有相怜者，怜玉惜香仰碧霄。

【解题】广明：司广明，山东省郓城县司店村人，是作者的同学兼好友。

（七律）晨钓

一九八〇年

夜霖[①]湿岸草青青，拂柳微风鱼跳泠[②]。
垂钓人来觅佳处，惊飞新雁起寒汀[③]。

【注释】①夜霖：夜间的小雨。②泠：泠风，风浪。③汀：水边平滩。

（七律）壬戌惊蛰寄书京城张中队长

一九八二年二月

明月依稀照小楼，京城一别几春秋。
鸡鸣夜半梦初醒，车到山前事倍愁。
半亩亲营悬磬室，三年身似债台牛。
说来琐屑也堪慰，从此收心为己谋。

（七律·新韵）故乡早春

一九八五年

东风先送故乡春，处处桐花怜煞人。
绿水穿桥绕深巷，红桃入院看新村。
家家贷款争包地，户户垒圈多养豚。
最喜青苗逢好雨，连天茵里笑声闻。

【解题】一九八五年，改革开放的春风已遍地吹起，土地联产承包责任制实行，农民的生产热情空前高涨，作者怀着喜悦的心情歌颂改革开放的来临。

（七律）又复黄本国

一九八二年二月

廿载军龄比一鸥，华年壮志问谁酬。
归程忽醒亡羊路[①]，宦海帆开逐客舟[②]。
旧梦缘情追悔悟，生崖因老悔淹留。
杨花又入伤春目，坐看新旗满帝州。

【注释】①亡羊路：歧路。语出《列子·说符》。②逐客舟：这里的逐客指退出部队转业到地方。

（七律）寄和京城王家瑞

一九八二年

劫历京华几度秋，龙争虎斗苦淹留。
身归故土无一瓦，车到山前有百愁。
庆幸黄粱初醒梦，奈何商海始行舟。
禅台悟透三千语，学步归来笑白头。

挽马连生同志

一九八二年四月

一（七律）

噩耗来时风满楼，阴阳已阻泪难收。
一生担任蹚蹄马[①]，两地空悲孺子牛。
陌路人寰[②]轻死讯，同壕战友哭良俦[③]。
思君正迂清明节，泪带飞灰细雨柔。

二（新韵）

九泉路上步匆匆，人死原知万事空。
千载侦听功亹亹[4]，一抔黄土草青青。
军衣犹带京门泪，薄俸深关两地生。
半世交情共谁晓，归魂时许忆山东。

三（古风）

消息晚三月，噩耗成永逝。
忆昔戎马日，处处衣沾泪。
结识四里山[5]，愁老西黄寺。
穷途即悟道，何处复相叙。

四（古风）

不信连生死，惊极复相思。
暮年失赡顾，泥途拾妻孥。
齐鲁徒有痕，京津空陈迹。
回念世风凉，悲欢几人知。

【解题】马连生，一九八二年初在石家庄铁路大厂牵引火车头的事故中牺牲。这是作者在得知消息后，于悲痛中写下的一组诗，寄托了作者对老战友的深厚情谊和无尽哀思。

【注释】①趱蹄马：指只知奋蹄赶路的马。②陌路人寰：陌生的人间。指自己不了解的地方。③良俦：良友。④亹亹：勤勉不倦貌。⑤四里山：今名英雄山。

（七绝·新韵）壬戌年元宵节记景

一九八二年二月

碧空如洗挂银盘，万簇烟花庆上元。
织女姮娥罢机杼，此时也向世间看。

（七律）夜坐

一九八二年

夜坐藤几细品茶，无边思绪到天涯。
清贫始悟洁身价，困顿得非孤傲耶？
走遍人寰富奸巧，通观历史避官衙。
流年羞问夸愚[1]事，潮退眉前自见沙。

【注释】①夸愚：本指劳民伤财以夸耀自己政绩的蠢事，这里指自己年轻时做的工作。

（七律·新韵）观电影《风流千古》

一九八二年三月

听君一唱钗头凤[1]，泪染青衫冷似冰。
满座唏嘘[2]叹唐婉，几人感慨议放翁。
心驰戎马收疆域，志复山河抗貊兵[3]。
块垒凝诗近万首，铜琶铁板[4]试黄钟[5]。

【解题】电影《风流千古》全面展现了爱国诗人陆游的爱情悲剧。诗是观看电影后写下的，因为自己的婚姻经历与陆游有相似之处，作者对陆游有许多共鸣。

【注释】①钗头凤：词牌名。②唏嘘：感叹，抽泣。③貊兵：指北方民族的军队。④铜琶铁板：铜琶、铁板为两种伴奏乐器，指用铜琵琶、铁绰板伴唱。形容气概豪迈，音调高亢的文辞。⑤黄钟：指黄钟大吕，形容音乐或言辞庄严、正大、高妙、和谐。

（五律·新韵）差行江西奉新县

一九八二年

落日藏深树，红霞欲满天。
身行吴楚①地，心忆故乡餐。
牛改橙黄色②，水居青稻山③。
乡音渐难懂，各自写方言。

【解题】奉新县是江西省宜春市下辖的一个县。作者到奉新县调运毛竹，此为途中所作。

【注释】①吴楚：这里泛指长江以南地区。②作者所在的山东一带耕牛为黄色，长江及长江以南附近的牛为青褐色，就是水牛。这句是说到了奉新牛也变成青褐色的了。③水居青稻山：水到了山上，山上也插起稻谷。

（古风）春草园放雏鸡

一九八二年四月

春草出土无人知，静坐和风看日丽。
阳春万物催生长，童心初萌喂雏鸡。
毛黄口红草地绿，鸡雏攘攘复唧唧。
追奔逐跳相嬉戏，啄虫吞芽展翅翼。
静中万物耐千看，红尘俗理费猜思。
好生养德①增天寿，怜物及人长才力②。
杀伐诛戮王者事，与心何忍又何欺。
元帅甲胄③征人骨，到头几人有归宿。
我从前年谪故居，却悔戎马悟道迟。
万里分享明月价，半亩亲营悬馨室。
豆棚瓜架日暮雨，西塞云霞东篱菊。
案头不用圣人书，窗前只读归去辞。
“功名”二字催人老，瓜豆好收自为之。
织席贩履王侯事④，莫如唧唧育雏鸡。

【注释】①养德：涵养德行。②才力：才识能力。③甲胄：盔甲。④织席贩履之辈，缘自三国，是刻意诋毁人的话，形容人的身份地位卑微。

（七律·新韵）忆事

一九八二年

且喜残年逢太平，风调雨顺庆丰登。
人因饿怕才积米，身耻文盲供后生。
商业初苏增百税，农村摊派负重征。
总期劫过开新举，万里春风化冻冰。

（五律）春草

一九八二年

一冬寒苦地，春暖万花开。
雨露恩非浅，阳和父母哀。
身微难负命，力薄不堪才。
独有葵藿志，千牛拉未回。

（七律·新韵）贺陈衍文先生八十寿辰

一九八三年

一

幸与先生作比邻，兰洁菊傲两如君。
持身严谨恭谦让，敬业精纯验探真[1]。
嫁女毅然对艰苦，养儿不避讲家贫。
诲人无倦毕生事，桃李满园知报恩。

二

杯展人前庆寿辰，已开八秩[2]度新春。
健身原有风雷路[3]，厚德当推载物论。
初践宏图沐弹雨，历经磨难走逡巡。
享年自古归天授，应向蟠桃夸酒醇。

【解题】陈衍文，作者的邻居，一生从事教育事业，品行学问皆受称赞。这两首诗是作者在陈衍文八十岁寿辰时写的祝寿诗。

【注释】①验探真：敢于检验、探索、求真。这是赞扬陈做学问的态度。②八秩：八十岁。③风雷路：比喻陈衍文一生走过的路，风雷激荡。

（七律·新韵）戏题李澍霖所赐画虎二首

一九八四年

一

民间敬虎兽中王，不逐奸邪亦感伤。
忍看虺虫蛀梁檩，滥容硕鼠窃粮仓。
养官增缴百年税，盼汝空烧万炷香。
何日尘寰试牙爪，诛除暴戾靖群狼。

二

头上空书百兽王，卧来秋草眼生光。
胎毛未褪气吞犊，牙爪初生欲搏狼。
驴上东郭太纡阔，座中西席[1]性温良。
人间正要君劳动，岂忍雄心挂雅堂。

【注释】①西席：受业之师或幕友。

（七律）易水

一九八三年

萧萧易水[1]送君行，昼日长虹战象生。
六国江山梦如在，一人事业[2]恨难成。
惜乎不学剑无术，愧也捐头士有情[3]。
太子终非知己客，后来刘项报荆卿[4]。

【解题】用荆轲刺秦之事。

【注释】①易水：河流名，在河北省西部。②一人事业：指荆轲一人刺秦王的事。③此两句指樊於期有报仇之心。④此句是说在荆轲刺秦失败十八年之后，陈胜吴广发动大泽乡起义。三年后秦国亡。刘项指刘邦项羽。

（七律）有乡人来与语土地承包事

一九八四年

春风回暖雁飞高，吹动襟怀一缕潮。
身退军衣务村野，目随翎翅上云霄。
兴邦遑论属资社，强国休分黑白猫。
但使人民能致富，丰碑自把姓名标。

【解题】作者的这首诗以热情洋溢的语言歌颂了农村的改革开放新潮，表现了对改革开放大潮的热烈拥护和极力赞扬的鲜明立场。

（七律·新韵）再游七里铺村

一九八四年

千载水封八百痕，七星聚义①有溪村。
桥冲路守地生象，浪涌风屯气吐吞。
鸟下蒲芦通凤翥②，鳞③游渊底与龙浑。
渔歌向晚归灯火，犹把三雄④说古今。

【解题】七里铺村在郓城附近，紧邻宋金河。古称东溪村。

【注释】①七星聚义：晁盖、吴用、公孙胜等七人，在晁庄谋划夺下梁中书给其岳丈蔡京所送生辰纲一事。②通：等同，同于。凤翥：飞翔的凤凰。③鳞：指一般的鱼类、贝类。此处指鱼。④三雄：指阮氏三雄。

（七律·新韵）过东溪村

一九八四年

东溪寻胜过渔村，一柱碣石①与井临。
古木斜桥抱流水，熏风杨柳驻行人。
鸟飞滩浦连河浒，鱼跳龙门戏浅滨。
日午炊烟醉三里，家家沽酒饷白鳞②。

【注释】①一柱碣石：二十世纪五十年代初里铺村井旁立有一柱碣石，上面錾刻“东溪村”三字。②饷：招待，供给。白鳞：代指鱼。

（七律）阅黄寺故人书

一九八四年

黄寺别来知几秋，岁华人物俱东流。
此心未泯兴亡事，旧梦空存澜雨楼。
国战南疆[1]征健子，家徒四壁忆良俦[2]。
至今唯有孙为伴，一笑樽前解万愁。

【解题】黄寺指北京德胜门外的西黄寺，是作者在北京当兵的地方。
【注释】①国战南疆：指对越自卫反击战。②良俦：好伴侣。

（七律·新韵）癸亥除夕饮归

一九八四年二月

除夜农家重聚首，有心辞岁遣悲怀。
少年曾是从戎客，老去羞为咏絮才[1]。
廿载云烟眼前过，百千铁马卷中来。
问今浩气知多少，浪涌金河入酒杯。

【注释】①咏絮才：东晋女诗人谢道韫有咏絮故事。此处指诗人。

（七律·新韵）古松

一九八四年

古松[1]筛罢月光寒，沧海几回成陇田。
有幸生麟类龙种，无心佩玉扣天关。
经霜持守难能事，宁断不弯生死缘。
敢向人杰论伯仲[2]，万枝青翠泰山巅。

【解题】一九八三年秋，作者因公出差泰安，遍游岱庙而返。此为记游之作。
【注释】①古松：泰岱一景。②伯仲：此处表示不相上下。

（五律·新韵）岱庙碑林

一九八四年

古松筛日月，宫阙散余晖。
剥落秦经柱[①]，支离魏刻碑。
三元[②]物还故，一镜我伊非。
吊罢群雄冢，白云独自回。

【注释】①秦经柱：指“去东岳封号碑”，今存岱庙天贶殿前西侧。②三元：道家以天地水为三元。

（七律·新韵）四十记正

一九八四年秋

风尘如箭[①]四十年，回首生崖不忍看。
片瓦无存比叶落，立身有类似蓬旋。
安知世道归来变，方悟人情去后寒。
岂敢泥途怨命蹇，愧惭空有寸心丹。

【解题】作者一九四四年生人，一九八四年是四十周岁。从部队转业时只领十个月的工资约七百百元，盖不起房屋，赁居于南关外樊兆灵家。一九八五年始营建西院。
【注释】①风尘如剑：生活艰困，光阴如箭，对人的摧残如同刀剑一样锋利。

（七律）酬检察院诸战友

一九八五年

曾经冷眼对王侯，耻赘京华枉白头。
毛遂处囊锥自荐，淮阴走马汉难留。
余年万事连艰苦，我命一生追自由。
此去长途更无悔，三星当户①报晓筹。

【注释】①三星当户：三星，心宿星名，天昏始见于东方，建辰之月也。

（七律·新韵）牡丹

一九八四年

蝶舞花香尚畏寒，风生残冷伴孤单。
辛勤自育故乡土，轻易嘲称富贵颜①。
妆罢娥眉入宫妒②，诗成才子避桃谗。
应知此恨人人有，遑论人寰衰草间。

【解题】这是作者在观看菏泽牡丹之后所写的一首寄言诗，将牡丹寓情寓事。牡丹因为不甘心受人役使被贬出京城，她的美丽和才能遭到世俗的妒忌，一生坎坷，幸得民间呵护才得以在民间展露她的美艳和才华。这实际上是作者自喻，感叹自己一生不能被重用不能施展才华。

【注释】①富贵颜：国人称牡丹为富贵之花，作者认为牡丹植根民间，其根基育自民间疾苦，故称苦根。作者曾有专咏牡丹的绝句：“丽质生成不侍人，姚黄魏紫贵天真。自知富贵多恭谓，身世原来是苦根。”可以参看。②此句是说牡丹有倾国的艳丽，引起其他花的妒忌。

（七律）除夜书怀

一九八五年

日暮除夕夜色浓，春联年画对宫灯。
千家竹爆迎新岁，万户分香送晚庚[①]。
妻站锅台催点炮[②]，女穿新袄问匀丰[③]。
镜中白发频边雪，自怪东风不染青。

【注释】①晚庚：傍晚时分。②点炮：鲁地风俗，除夕晚饭下饺子时要点燃鞭炮。③匀丰：匀称丰满。

（七律·新韵）登岳

一九八五年

一

天造地封终有神，风骚独领拜元君[①]。
陆沉沧海余三耀[②]，岳拱中原定五尊[③]。
石炼千秋出玉版，松生万丈列龙孙。
云中欲上南天路，一剑[④]忽将两界分。

二

南天门外紫云集，九点齐烟拜帝居。
汉武盘高杜承露[⑤]，则天碑旷自谦虚[⑥]。
蟠桃未果人先老，墓木如磐鸟唤啼。
古往今来风雨客，看余荒冢草萋萋。

【解题】一九八五年与渠广钦出差淄博，返回时途径泰安偕渠登泰山，此登临之作。

【注释】①元君：碧霞元君。②三耀：日月星。③五尊：五岳，中国五大名山。④一剑：斩云剑，泰山景点之一，泰山主峰的寒云顺谷而下时与暖云相遇化为雨，因此得名。⑤汉武盘高杜承露：汉武帝好神仙，作承露盘以承甘露，以为服食之可以延年。⑥则天碑旷：泰山玉皇顶玉皇庙下有一方形石柱，传为唐武则天所立，无字，以留待后人评说。

（古风）读南宫博先生所作《杨贵妃》

一九八五年

马嵬冤魂无多哭，文人自能肉白骨①。
昭君②琵琶歌出塞，玉环霓裳舞扶桑。
历史本为王侯写，王侯授意文人书。
文人休得卖清高，侯门地位犬不足。
无劳文墨空垂泪，却笑多情自唐突。
不见中郎乱娶女③，盲翁登场又何如。

【解题】南宫博在其小说中杜撰杨玉环没有被勒死，受下人保护后潜逃至日本。作者对这种违背史实的杜撰持反对态度。

【注释】①肉白骨：使白骨生肉。代指世间不可能的事。②昭君：即王昭君。历史上的美女王昭君的遭遇历来被文人当作生不逢时的典型予以讴歌。但是很多人却秉承统治阶级的意图把她说成是为了“和番”“巩固汉家江山”自愿嫁给匈奴。③中郎乱娶女：中郎，指东汉时期的蔡邕，曾拜左中郎将。南戏《赵贞女》说蔡邕考中状元后，抛弃结发妻子赵五娘，另娶牛太师之女为妻。赵五娘进京寻夫，一路艰辛，蔡邕不但不相认，还用马踏赵五娘，结果天公震怒，降雷将他劈死。说书人口中的蔡邕与历史上真实的蔡邕产生了天壤之别。历史上的蔡邕不仅是著名的才子，还是有名的孝子。

（古风）题《张作霖传》

一九八六年三月

生老乱世里，权通刀丛中。
用人废旧牍，知拙能藏胸。
未丧民族气，周旋日本兵。
刁钻古未有，剽悍更逞凶。
草莽人未识，英雄有府城。

【解题】《张作霖传》的作者是张祥斌。“书有未曾经我读，事无不可对人言”“睡卧美人腕，醒掌天下权”，是张作霖的座右铭。张作霖作为“乱世枭雄”，在政治、军事上都作出了相当可观的贡献，在历史上留下了浓重的一笔。这是作者在读到《张作霖传》后写的一首诗。

第四卷

（七律·新韵）客王家瑞家

一九八六年

七年聚散忆如新，相见浑同隔世人。
逐虏难堪说转业，漂萍恰似比安身。
有才不唉嗟来饭，无志羞弹剑柄琴。
去后沧桑多变改，却凭双手到而今。

（七律）过萍乡

一九八六年

中秋见晚过萍乡，桂子撩人忆鄂湘。
晨雾笼黄田里稻，青山覆白客家墙。
水牛背负骑童牧，新穗啄余鹦鹉粮。
欲向行人问休止，满街蛮语卖茶香。

（七律·新韵）游杭州西湖

一九八六年

西子湖滨细雨蒙，江南风水第一城。
三吴人物于今盛，两宋皇宸到此终。
容至西施伤人主，锋出欧冶震群雄。
此来不见越王剑，便入钱塘化爪龙。

（古风）过南口

一九八六年三月

差行过南口，深夜瞰帝京。
峦影同魑魅，灯火列寒星。
重游人无故，穿山车有声。
挚友思千里，旧舍料已倾。
土身行作鬼，鸿迹久变风。
归来不相识，空余一缕情。

（七律·新韵）出差过京晤王家瑞兄

一九八六年

廿载生涯交往深，长兄对我火一盆。
耳提面命身经者，料事如神引路人。
难忘迷途挽十岁，愧惭弱草报三春。
此身永记嘱勤勉，不欠皇城半寸恩。

（七律·新韵）客奉新旅社

一九八六年

江北寒霜降，江南暖似前。
花添楼外锦，绿胜翠湖兰。
小市张灯火，渔歌唱晚船。
蔬椒共白稻，户户起炊烟。

（七律·新韵）因差事过南京留宿下关客栈

一九八六年

兴亡由气聚还空，国破徒劳石做城。
玉树歌残龙坠井，一围猎罢晋阳倾。
枯荣替守终三代，天道循环类五行。
休叹六朝金粉地，孙吴分鼎据一雄。

（古风）丁卯麦收后喜雨

一九八七年六月

风来酷暑歼，雨打万枝鲜。
天怜农人命，故教麦收完。
夏种急等雨，农时不等闲。
日午衰草枯，烈日蒸地干。
霹雳裂云幕，滂沛落九天。
万物得再生，功勋不用镌。
岂知夏秋苗，万国赖平安。

（七绝·新韵）题红楼梦扉页

一九八七年五月

开卷即知血肉鲜，匠心运斧不平凡。
魂凝气聚三刀纸，后世人前一座山。

忆西山雪夜宿菜园

一九八七年

一（七律）

京西雪大夜生光，山树重湮茅草房。
仨月无油味思肉，一冬不墨梦文章。
艰难多故料成往，劫历经年未可襄。
记得咸鱼烹野兔，人来煮酒又煎汤。

二（新韵）

朔风飘雪欲封山，沽酒前村人未还。
生死局中兵调动，亲疏场上鬼相连。
因消凛冽支炉火，为避是非居菜园。
袖手棋旁冷眼看，尽将一笑卜猜拳。

（古风）书蚊虫特征

一九八七年七月

三伏蚊猖獗，蜂拥食人血。
贫瘦皆不厌，尤在月黑夜。
昼日有回护，上下多勾结。
何时秋风起，一扫群饕餮。

（七律·新韵）赵庄村记景

一九八七年

远离闹市静无尘，老树依屋最可人。
路绕桥头明似镜，烟横村尾滞如云。
布石划地谈棋变，偎火拨灯议鬼神。
问起功名皆不晓，老翁含笑逗重孙

（七律）丁卯岁尾寄济宁友人

一九八七年十二月

世风今岁更何如，南国频频报战书。
残老泣余忧复僻，新官酒饱笑蟾蜍。
命无富贵安高马，性贯清贫策蹇驴。
四壁蓬篱难隔断，两京学事到窝庐。

（七律）丁卯春闻东北林区火警

一九八八年

北陲烟火事堪哀，多少栋梁成炭才。
小子烧荒固难恕，昏官渎职罪安开。
人心忧国悲失散，志士安邦盼复来。
百载树人兼树木，借它春雨一起栽。

（七律·新韵）戊辰上元节复新乡友人书

一九八八年

云月朦胧近上元，雪花飘落过窗前。
心潮澎湃书中涌，因事清闲袖手观。
资产无踪半消去，改革有计度经年。
龙年新授登龙术，两会门庭走百官。

（七律·新韵）出差新乡重晤黄本国

一九八八年

一

十年分手又重觌，味罢艰辛百感滋。
儿女皆童尚须哺，发妻已老勉强支。
常因办案招灾祸，莫耻登门拜上司。
多怪方知识见少，大千世界本如斯。

二

音书常梦南飞雁，八载重逢筚路间。
已料丹心负众望，何期霜鬓染华巅。
风摧独木孤难挡，潮下浊流谁可拦。
庶务如云须放缓，添衣勿忘倍加餐。

三

竟因庶务赴河南，分手重觌不胜欢。
相顾容颜莫言老，量度子女已齐肩。
平戎有志惭虚度，报效无门愧列班。
白首为郎终往事，后昆跃马见儿男。

（七律）与王家瑞政委书

一九八八年

西风送雁正残霞，病依斜阳看乱花。
远客频劳忆征房，衰翁自笑种桑麻。
胸中胜景浑如梦，眼里诗书涂似鸦。
休说牢骚易翻酒，却凭烂醉是生涯。

（七律·新韵）书牟副团长挽帐后

一九八八年

弹雨枪林志未衰，闻君跨马上泉台。
报国赤胆无他望，扑面青蝇有晚哀。
坦荡胸怀留战友，人梯肩膀荐良才。
生年恰似流星过，万里长空一道白。

（古风）晚阴

一九八八年六月

天暗云飞野，月黑风卷旗。
三万铁甲马，万里长征地。
生死天命定，富贵胆中求。
当年烈士血，空做野花碧。

（七律·新韵）蛇年国庆日赴郭林、张鲁伦为子所设喜宴

一九八八年六月

此身非是少年身，喜宴频频贺小婚。
后浪翻新前进浪，新人催老旧时人。
文章纸墨梦中景，利禄功名过眼云。
平素能得几回醉，同窗挚友最销魂。

（古风）初四约酒待司王二兄

一九九〇年

难得年关逢瑞雪，藩篱新添花骨朵。
朋友特来论新诗，炉酒专候读旧作。
旧作读罢心怦怦，新诗吟来志咄咄。
咄咄怦怦终何用，未免生涯困坎坷。
古来圣贤老泉林，强似走马逐干戈。
开国将帅封十位，几人骸骨得善果。
家国局势似弈棋，泥沙俱下潜龙鼋。

（七律）暮春记事

一九九〇年四月

立春小雨夜频来，起看梧桐花正开。
紫燕含情恋故主，绿枝吐翠报新载。
童心未泯常怀旧，壮志空存剩可哀。
几处东风传觱篥，徒劳醉眼上楼台。

（七律·新韵）马年伏日记事

一九九〇年七月

三庚数罢入头伏，漫漫中原一火炉。
蝉噪鲁桐声喑哑，牛惊吴月喘何如①。
楼中公子开风扇，田里农夫荷耒锄。
天意原知汉人苦，却惜粮米不成熟。

【注释】①江淮一带，水牛见到月亮以为是太阳，因此卧倒在地，望着月亮大口喘气。

（绝句）春日咏兴

一九九〇年四月

夕阳艳艳草芊芊，燕子翻飞过眼前。
何事牵来童趣近，数家儿女放风鸢。

（七律·新韵）过曾庄

一九九〇年

阴阴古柳抱茅庵，一望青旗烟雨翻。
水浒遗风老耽酒，民间志趣少习拳。
英雄落草林堤阔，好汉揭竿湖岸宽。
五百年来是非地，而今幸遇太平年。

（五律）咏蝉

一九九〇年

汝亦土中身，兼忧天下人。
浩然歌正气，娓娓警凡尘。
抱柱怀忠信，餐风示窭贫。
吾庐近高树，好做孟家邻。

（古风）读马迁吾同志词

一九九〇年

才大无人用，沦落散八荒。
妻室忽凋谢，谁与共颉颃。
天命使曲屈，故遣起且僵。
将身入炭冰，百炼乃成钢。
残躯逢盛世，天音缺羽商。
无乃任我兄，发声摆雷硠。
一读江城子，音律久回荡。
此生共一鳏，异途泪两行。
喝彩并击节，小城一引吭。

（五律）粮城忆旧

一九九〇年

忆昔京城戍，心酸海尽头。
粮城十往返，荒榛百淹留。
蛇蚋双叮咬，收成一苛求。
营官无茧指，宴常在高楼。

（七律·新韵）咏暖蚰

一九九〇年九月

趋奉衣食类转蓬，羡君温饱住华宫。
名花世上斗霜死，尔辈怀中得意鸣。
荃养须眉封紫绶，专凭赞语晋升腾。
南园记起桑麻园，也把艰辛报上听。

（七律·新韵）秋蝉

一九九〇年十月

寒蝉正抱病桐鸣，忧患频多愤世声。
空把高洁减清瘦，即随落叶转飘零。
恨非精卫填沧海，徒效申包泣秦庭。
地转天回如有意，越年绝响化春风。

（七律·新韵）感马玉吾同志书法轴

一九九〇年十月

去岁衡阳看雁回，今来泰岱拓唐碑。
开元天宝世兴盛，工部翰林命蹇违。
词客躬身共一吊，诗人回味有同悲。
惊心千古一相似，古寺钟声送晚辉。

（七律·新韵）奉和李澍霖先生

一九九〇年十月

年将半百知天命，何必烧龟解易经。
性本藤萝恋庐舍，面非国字厌公卿。
取财无路非商贾，演字成文类后生。
尽把勋心书烂纸，麻衣敝屣仿雕虫。

（七律）律前作《八月十三日夜雨书复军中故人》

一九八七年九月

夜来风励走沉雷，雨打孤窗似弹飞。
梦里回头边塞远，灯前量已壮心违。
坐观茂草肥胡马，忍看将军懈战威。
自笑村夫本多事，白头未忘理征衣。

（七律·新韵）欣闻广东省成立反贪污受贿局有作

一九九〇年十月

南天先挂反贪牌，恰似春雷动地来。
结果虽然难预料，决心总算敢剖白。
疽疣自刦疑参半，疾痫根除始称怀。
从此党风终可睹，与民共帚扫阴霾。

（五律·新韵）松堂忆事

常忆松堂事，遥遥似往生。
青春比山翠，事业想炉红。
职尽京津地，友结燕赵朋。
王侯皆粪土，屠狗是英雄。

（七律·新韵）到朱桥村钓鱼

一九九一年

春时已过送寒冬，卧草鹅鸭晒暖翎。
老叟向阳说古事，青年论嫁引新风。
琴音清脆是流水，铃语悠扬乃校钟。
选就庄头垂钓处，细听童子念书声。

（七律·新韵）辛未冬至设酒驱寒待董承敏

一九九〇年冬

三秋送罢喜迎冬，门外扣环真我朋。
佳酿侯同知己醉，好书说与故人听。
漫言追想皆如泡，纵使铁石也转空。
此理明达休意懒，围炉更尽酒一盅。

（七律·新韵）过梁山

一九九一年春

历历梁山一箭遥，曾经泓水聚英豪。
纲征船运万民膏，兵洗城空一炬荛。
未必师师败国政，漫归王蔡误前朝。
就中道理谁能悟，覆水载舟皆我曹。

史记批眉

一九九一年四月

一（新韵）

陈平剁肉止称公，汉相椎秦博浪中。
职蔽萧曹州县吏，兵符灌绛贩缯翁。
王朝将覆金沉底，败水逾温絮上升。
大抵此情随替代，千年时势造英雄。

二（新韵）

成亦萧何败亦何，长陵衰草没铜驼。
收书入库控天险，起事推刘归定夺。
执锐封来皆猎狗，功臣斩罢是喽啰。
谁知相府千秋意，置地分明买自诼。

三（七律）

高鸿射尽劲弓藏，狡兔犹存走狗亡。
一足倾斜定成败，半身伏就辱儿郎。
知时最是蒯通子，寡断无齐令假王。
功就名成却谋反，谁人不说信荒唐。

四（七律）

将帅不封持戟郎，霸王有命故难长。
报恩漂母三餐地，成就炎刘百代王。
狡兔猎空獒狗死，高鸿射尽劲弓藏。
知他女子终生变，茕茕蒯通答汉皇。

五（新韵）

原来无赖是真龙，酒醉无钱唱大风。
能用张良归意敏，敢杀韩信忒心凶。
从头到尾皆欺骗，连父带妻均可烹。
汉业能撑五百载，就中哲理费思评。

六（七律）

当初胜也做陈王，怒斩伙颐夸庙堂。
垄亩若遂鸿鹄志，焉知黔首怎凄凉。

七（新韵）

生做人杰死鬼雄，学书学剑两无功。
书多纵虎鸿门宴，剑猛惊呆壁上兵。
父老无由心向楚，箫歌可绐意归东。
八千弟子休诚信，大事由来以诈成。

八（新韵）

一自人杰唱大风，高台遥对焚书坑。
秦庭失去梅花鹿，刘季生成带痣龙。
溺帽封坛酬猎狗，乞羹分骨对亲翁。
王侯将相原无种，顺势用人乃霸雄。

九（古风）

良平皆如妇人面，盗嫂亡命江湖间。
布衣谁曾教分肉，龙种却肯托江山。
马血未尽起诸吕，太后垂询尽善语。
四皓同来商山重，九族共诛灯草举。
王蟒吞汉多礼贤，良平存刘大似奸。
不争丞相一嗔目，麒麟阁上万古看。
陵也自是一忠良，身不姓刘位不王。
六韬不通怎厮守，徒教白发撞南墙。

（七律·新韵）又寄京城王处长

一九九〇年

萍水生涯聚首难，致书千里欲何言。
人情霸世薄如纸，物价忧民飞似转。
忧愤须防玉体瘦，御邪当有寸心丹。
闻君借酒催酬唱，岂若登高向远看。

（古风）踏青

一九九一年

宋金河西是我家，麦田青青水照霞。
桃林初红类倩文，梨枝一绽似雪压。
惜春更吸一口气，伤老应插满头花。
斗城落日最消闲，三千燕子舞唐塔。

（古风）《杜甫诗选》尾记

一九九一年四月

我学杜诗三十年，初读艰深中读繁。
至今垂垂行且老，开卷方知珠玑圆。
望岳生云胸非小，毛血洒芜非凡鸟。
看马有志托生死，老来终归卧蒿草。
儒冠一生多误身，残杯冷炙潜悲行。
纵有雄心答尧舜，空教热肠忧黎民。
前后出塞兵车行，心在为国御敌戍。
咸阳桥头人牵衣，秋雨坟前鬼哭声。
醉时有歌登省台，衰鬓三叹其声哀。
国破剩有山河在，开元几时盛景回。
朔方破碎苦猪龙，诗人辗转如飘萍。
王命警急秋阁夜，对雨即事述北征。
四十守岁年飞过，五人登塔有新声。
忧国忧民忧患难，思山思水思升平。
三吏三别见神功，诸将五首战鼓声。
归途已觉行路难，释闷未见山河清。
茅屋一歌垂万世，朱门酒臭龙点睛。
臧否文章六绝句，直下沧海驭蓝鲸。
慎重雅颂百年事，细论得失寸心知。
呕血岂止唯杜宇，春蚕老杜皆吐丝。
千年同为人沦落，百代更诧材不趋。
杜诗叶茂树根深，上有龙凤与麒麟。
我生不能仿其影，死后也愿出其门。

礼孔子十五阕歌

一九九一年四月

到孔殿，叩头如同急捣蒜。千秋文官祖，历代帝王鉴。当年全国齐民议，是非何人判？

礼杏坛，夫子开天设垂帘。有教人无类，诲学皆不厌。混沌从此天一线，称师真非玷。

三十立，景公问霸何所急。秦国虽然小，能用百里奚。王霸原来地偏僻，季子空叹息。

洋洋乎，足不临赵命也夫？简子杀良才，麒麟悲渔枯。义鸟不栖屠家屋，况乃我丘乎？

临东流，孔子问津耕地头。天道难与易，不若赤松游。沮溺耦耕不辍耧，夫子等闲愁。

厄陈蔡，尔以余为多学哉？天下皆仁信，齐夷何所来？一以贯之歌不衰，然胡非与矣。

道至大，天不见容君勿怕。兕虎走旷野，良农空为稼。不容然后见君子，为宰成佳话。

删春秋，郁郁文哉我从周。乱臣贼子惧，忠孝节义修。贬损绳世与天俦，始见圣心呕。

君勿憾，子不言鬼实未见。意必固我拒，齐满慎所乱。事凡三思而后行，不为巧计算。

晚喜易，翻腾文王心中事。韦编曾三绝，封心分十序。假我数年彬彬去，胡为老将至。

每事问，事有不解夜不寐。三人必有师，四弗常为懿。行中清醒权中废，已矣我执御。

不是鹿，西狩获麟孔子哭。仁兽何而来，河洛无图书。我道既穷命也夫？天不遗一骨。

崩泰山，圣人享年七十三。天下无道久，予梦两柱间。茔中方树未尽瞻，六年庐子赣。

后人倾，高祖祭牢起甓瓴。衣冠琴车书，言谈笑语声。千载永垂竹简中，褒贬随诸公。

弗乎声，夫子常病名不称。三教天下祖，六艺共折中。天降斯人以为宗，一读泪为倾。

（七律·新韵）辛未寒食访友饮归

一九九一年春

清明沽酒踏歌归，若使伤春更可悲。
过眼绿波逐岁逝，穿梭紫燕傍人飞。
新葭晃动鱼追尾，嫩草青春蛙鼓吹。
古柳茅屋似曾见，梦中钓罢几人回。

（七律·新韵）宝才兄登黄山归来戏赠

一九九一年五月

一

烟云生在此山中，挥去携来第几重。
画境天然能意会，诗心放荡恨无凭。
黄山看后知崧小，四海归来叹已穷。
共道身家生郓地，粗茶淡饭老茅蓬。

二

为寻奇境进黄山，误入蓬莱采薤兰。
去后局翁初斗子，归来沧海变桑田。
云生岫洞诗心旷，风走云霞画意宽。
净洗凡心何所适，欲将顽磊补苍天。

（七律）春昼

一九九一年五月

春昼因人特地长，故多殇逝重流光。
与花会意惜晨露，共鸟传言厌膏粱。
本色真红堪写照，节操孤傲暗传香。
残寒未尽防风起，更设樊篱护弱芳。

（古风）咏陈宝才家乔松图

一九九一年六月

西山顶峰有乔松，生在幽幽深涧中。
上接云霞参天雾，中通阴阳造化功。
金阙腐朽无人顾，新朝选取擎天柱。
宫旨南宣召未收，快马已征东南路。
匠夫匝木拾围粗，此材堪与雕龙珠。
无奈处境深千丈，伐取不易伤人夫。
回称官家树有魔，斧金触处血染柯。
上官震怒罢音乐，急令妖物填沟壑。
从此沟壑成通衢，一松潦倒百松迷。
此材尚且不能用，何木更可补天极。

（七律·新韵）收麦

一九九一年六月

数晌南风麦浪翻，农家看麦重如山。
老翁买帐遮风雨，妇媪磨镰盼好天。
背映骄阳炙似烤，面朝黄土汗如泉。
事关不仅一年饭，成败安危与国干。

（七律·新韵）阆风亭

一九九一年秋

青翠西来掩碧山，登临方悟事如烟。
英雄并作浊流逝，故友情同旧地还。
说到华年整一梦，论谈困厄有千端。
当年心印存何许？一叶红枫和泪看。

（七律·新韵）续后作答同学诸人

一九九一年六月

当年生计甚寒酸，饿至极时眼不翻。
野菜无盐和水煮，蒌芽虽苦带根餐。
灾来原委归天地，死到临头验鬼关。
言语至今犹避讳，红旗依旧舞翩翩。

（古绝）翻检旧书改续句

一九九一年六月

今生未卜万班侯，昧悟诗书慢逐流。
紫微班中能相认，会知企饭一段愁。

（七律·新韵）送友人登泰山

一九九一年五月

万丈摩崖云雾笼，巉岩何处觐天宫。
人间月隐松遮暗，海里日出鸡叫明。
二斗盘棋定生死，三星把剑断阴晴。
劝君看透登封事，不若抽身学养生。

（七律·新韵）电影《甲午风云》观后

一九九一年七月

家国多难起风云，将士心雄欲报君。
沧海悲封四沉舰，汗青标炳二军门。
前车之覆堪训古，后土英魂俱作神。
欣看中华非旧土，铜浇铁铸比乾坤。

（古风）行经菏泽途中遇计生标语有思

一九九一年

上吊不解绳，喝药不夺瓶。
此非经济术，乃为恶党名。
国策固当守，计生更遵从。
应晓知利害，应动之以情。
相信百九十，都是好百姓。
安能坐看死，类似虎狼行。
恶声不出户，大夫不闻刑。
羞看字如斗，天门在九重。

（七律·新韵）获香山扩建消息忆松堂

一九九一年

一

说起西山忆旧居，小桥流水使人迷。
西窗灯影明书稿，东岭松涛洗砚池。
诗兴漫生寒苦地，才情横溢闲危时。
生涯最是堪回首，冷暖辛酸谁共知。

二

昔我茅庐近松堂，采兰汲水白云乡。
松涛四季停禅语，青眼十年观菊黄。
有耻风中急就草，无才策马帝王庄。
近闻古道多同志，瘦死蓬篱不受郎。

第五卷

（古风）和人咏菊

一九九二年

酒为菊之伴，诗乃菊之魂。
恩养归大地，立身在柴门。
风前持剑舞，霜后不作臣①。
肝胆照青山，节气警世人。
市井谁知价，屈志在斗盆②。
死忆陶靖节，清高对浮云。

【注释】①霜后万花稀疏唯菊花迎霜怒放，故称其不肯作臣。②卖花人把菊花种在盆里，凸显不出菊花的志向。

（七律·新韵）村外草地坐定

一九九二年

村头杨柳渐生烟①，村外阳斜燕子翻。
一寸光阴暗飞去，十分春景共流连。
儿童好看笑声久，老叟难强病体弯。
自信人生多壮志，八分应来镜中看。

【注释】①杨柳渐生烟：指柳树枝叶稠密茂盛的样子。

（五律·新韵）忆王家瑞处长

一九九二年

十年①同患难，含泪忆生前。
料事知风雨，报国酬寸丹。
规行无鄙伉②，携弱有扶搀。
洞世如观火，时时顾远瞻。

【解题】王家瑞曾任文化部政务司后勤处处长，故此处称王处长。

【注释】①十年：作者与王家瑞认识在一九六九年，至作者转业时的一九七九年为十年整。②无鄙伉：不卑不亢。

（七律）房集村①忆旧

一九九二年

童年曾住姥娘②家，世外桃源竟不差。
五亩薄田亲种米，一轮纺锭自经麻。
辛勤换得盘中味，浅暖粗余身上纱。
花甲犹追弹指梦③，林茔拱木④满群鸦。

【注释】①房集村：郓城一村名，在郓城正南九千米，是作者的外祖母家所在地。②姥娘：郓城方言，指外祖母。③弹指梦：这里指很短暂的童年中经历的事。④拱木：两手合围谓之拱，树木长到两手合围那么粗，指外祖母已经去世很久了。

（七律·新韵）为商

一九九二年六月

红尘十丈起云烟，蛴蝂生涯一梦间。
未忍诗心近铜臭，常将画境远刁钻。
委屈个性充商贾，埋没真身度晚年。
剩有激情还涌动，宿醒白首最难堪。

（古风）食瓜

一九九二年

骄阳熏风庵做家，绿秧得暖顶黄花。
汗水滴泥成此物，藏于叶下羞答答[①]。
皮间青黄色如涂，纹理雕琢露玉骨。
以指轻弹声如鼓，置之鼻尖香气出。
两掌相合[②]中剖开，一瓣分香满庵屋。
口到汁甜润喉咽，籽吐肉咽饱饥腹。
余香满口勾回忆，儿时偷瓜羞也乎。
方悟瓜是人间宝，食瓜真乃人间福。
幸我牙齿尚未落，日食应满三百株。
况乃蓬篱近田野，五谷杂粮配鲜蔬。
人生期颐[③]不满百，如此却了自堪足。

【解题】这里说的食瓜是指吃甜瓜。作者儿时经常吃这种土生土长的甜瓜，给作者留下了美好的记忆。作者至老年仍十分喜爱。

【注释】①羞答答：形容瓜纽藏在叶蔓之间如同少女躲在父母身旁。②两掌相合：瓜熟摘下后，将两掌相合挤压瓜就可从中剖开。③期颐：百岁或百岁以上的年龄。

（古风）呈政协王锡亮先生

广文先生①命蹇孤②，当年持才游京都。
白身③不揖轩冕客④，青眼聊横土一抔。
天高难容气三丈，地阔不留女一姝。
当时不觉星犯斗⑤，归来方知事成书⑥。
长忆西山一掬泪，落成笔底起兀突⑦。
鸿鹄原本云上鸟，蛟龙终非池中物⑧。
自来郓州偏避地，无由知音会屠苏⑨。
天高云遮落日远，地僻人杰英雄出。
去年与君初相识，方知尘埃埋玉珠。
天涯沧落失交臂，劫后谈吐生手足。
恨哉与君相见晚，春风不染绿胡须⑩。

【解题】王锡亮，曾任郓城县政协文史委员会主任，一生致力于新诗的研究与创作，主持县诗词选集的编辑出版十数年，结集出版自己创作的诗歌多部，诗风淳朴、韵味浓郁，是很有影响的诗人。

【注释】①广文先生：借用杜甫《醉时歌》中的句子：“诸公衮衮登台省，广文先生官独冷。”杜甫诗中的广文先生原指郑虔，此处为作者自指。②命蹇孤：命运穷困，少小失去父亲的呵护。③白身：又叫白衣，没有官职的平民百姓。④轩冕客：古时大夫以上官员的车乘和冕服。⑤星犯斗：指自己年轻气盛曾经忤逆上司。⑥事成书：自己历世坎坷可以写成一部书。⑦兀突：高低不平的样子。⑧出自《三国志·吴志·周瑜传》：“今猥割土地以资业之，聚此三人，俱在疆场，恐蛟龙得云雨，终非池中物也。”⑨屠苏：酒名。古代农历正月初一有饮屠苏酒的风俗。⑩不染绿胡须：春风吹绿万物，但却没把鬓发胡须染黑，喻自己已经年老。

（七绝）过城南鸡寺村

一九九二年七月

杲日①明深巷，柴扉掩静家。
庭红非是火，一树石榴花。

【解题】鸡寺村又名鸡鸣寺村，在郓城西南十二点五千米。一九九二年五月作者收购蜂蜜过此村。

【注释】①杲日：杲：明亮，即明亮的太阳。

（古风）因生意事忆马振北先生

一九九二年初冬

兼旬共患难，其后果如何？
闻是不如意，几欲陷纲罗①。
人情本冷暖，商海多风波。
风雨宿场夜，岂能沉蹉跎②。
钱财身外物，生命父母托。
洞看巉岩路③，时时宜笑博④。

【解题】马振北，一九九二年曾与作者共同运苹果到内蒙古，与作者相处月余。

【注释】①这两句是说马振北所运苹果由于列车耽误，至内蒙腐烂过半，作者只好自己赔钱，后受到单位查处。故有此语。②沉蹉跎：被岁月埋没。③巉岩路：充满坎坷的路。④笑博：当成一笑的谈资。

（五律·新韵）霜降将至为商事夜宿郓城宋楼乡张庄

一九九二年十一月

危桥存古树，流水绕荒村。
犬吠新霜冷，鸡鸣旧梦温。
锱铢争苦命①，奔走累残身。
自叹为翁老，知心有几人。

【注释】①锱铢争苦命：拼尽生命苦苦去争锱铢之利。极言为商之苦。
锱铢：旧制锱为一两的四分之一，铢为一两的二十四分之一。比喻极其微小的数量。

（古风）读王摩诘诗作三百字

一九九三年

诗人王维字摩诘，生在蒲州盛唐时。
二十一岁举进士，大乐署中掌副职。
少年壮志凌云霄，欲为君王扫虏骑[1]。
古来才大难为用，屈身俯就右拾遗[2]。
两京陷落安史乱，胁迫[3]王维任给事。
肃宗欲治伪职罪，王缙[4]讲情免牢狱。
自是官场皆看透，老来醉心田园诗。
读诗能见王维画，读画能见王维诗。
方知王维非庸才，诗画两开为宗师。
未必诗心皈禅理，自是诗人独有思。
我读老将行有泣，千年知心一相遇。
卫青不败由天幸[5]，李广不封缘数奇。
其独数奇在李广，古今沦落皆像似。
刘伶沦落在喝酒，阮籍哭返穷途去。
李白乘酒扫沦落，磨墨脱靴高力士。
王维一生持谨慎，诗画存心开才气。
千古珍重辋川图[6]，一字不为千金易[7]。
大哉王维直我师，循序渐得新天地。

【解题】这是作者在读王维的诗作《老将行》之后写的一首赞叹诗。

【注释】①扫虏骑：年轻时的王维对社会、人生、功业充满了积极进取的精神，不少诗作都表现出作者以身报国建功立业于边塞的雄心壮志。②右拾遗：为朝中正八品官职，王维和杜甫都做过这个闲散官职。③胁迫：王维在安史之乱中曾受胁迫出任伪职。④王缙：王维之弟。⑤出自王维《老将行》，以卫青、李广的遭遇，比喻老将因命运不济，不能建功立业。⑥辋川图：《辋川图》是王维晚年隐居辋川时所作。画面群山环抱，树林掩映，亭台楼榭，古朴端庄。别墅外，云水流肆，偶有舟楫过往，呈现出悠然超尘绝俗的意境。⑦此句是说王维的诗画已经炉火纯青、臻于完备，一字不能修改。

（七律·新韵）祭姨母王房氏逝世三周年[1]

一九九二年十月

忆想慈容泪眼昏，北风卷地似能闻。
凌晨催起督发奋[2]，碗底责遗训苦辛[3]。
所憾廿年违奉养[4]，差强老迈勉酬恩。
明知飨祭[5]活人望[6]，几次添坟暖病身。

【解题】作者母为外祖父次女，上有姊，嫁李垓王氏，称王房氏，是为作者大姨母。大姨母婚后二年，夫丧于东北，以其寡，长住娘家。作者少贫孤，常栖住外祖母家，得大姨母养育之恩甚深，故有此深切怀念之作。

【注释】①三周年：鲁地人对亡故者死后三年的祭祀。②凌晨催起督发奋：天微亮即催促作者起床读书。督发奋：督促作者发奋。③指姨母王房氏经常训诫自己一粟一粒来之不易，要把碗底的饭粒吃干净。④所遗憾者作者在外当兵二十年，在最艰苦的时候没有机会奉养姨母。⑤飨祭：又称祭飨，用三腥（鸡、鱼、肉）或供品祭祀亡者。⑥活人望：活人的眼望，做给活着的人看的。意为与死者已无关碍。

（七律·新韵）和李澍霖先生

一九九三年

十六离家老大还，倏忽照镜鬓先斑。
民间万事堪惊梦，军旅一能未可专[1]。
重建门庭靠双手，苦求业果在登攀。
此来重把艰辛过，未敢偷闲负晚年。

【注释】①在军旅中，学会的那些技能到了地方一样也用不上。

（五律·新韵）西郊步游

一九九三年春

西郊晨雨后，原野气非同。
风暖撩微旭，枝柔透远钟。
开窗闻鸟语，洒扫见蛰虫①。
绿水随人意，催花遮晓城。

【注释】①蛰虫：蛰伏了一冬的小虫。

（古风）陈宝才家《牧马图》

一九九三年一月

秋风响谡谡①，万里送鹤回。
原非恋栈马，心向莽原飞。
此生附血刃，沙场为宿归②。
一身追将伍，四蹄生风雷。
如何齐天志，持向尘埃帷③。
石条坐冲路④，辔缨⑤连葛藟⑥。
向风一声嘶，千山有余悲。

【注释】①谡谡：形容风声。②宿归：即归宿。③尘埃帷：落满尘埃的墙帷。④冲路：冲要之路。⑤辔缨：用来拴马的辔头和牵马的缨络，引申为驾驭牲口的嚼子和缰绳。⑥葛藟：藤蔓植物“辔缨连葛藟”指马的辔头被葛藟缠绕。

（古风）晤上村初荣[1]老人

一九九二年五月

人生不得志，未分国际间。
上村七十整，为我语当年。
计指十六岁，哭声别慈颜。
“圣战”正艰危，裹挟入榆关[2]。
军中嫁征夫，本意为犄助[3]。
谁料命菲薄，从此无生路。
国败军投降，丈夫成俄虏。
生女只六月，抱之随人走。
日军素无行[4]，兵女命更轻。
绑赴滨江边，任人施淫烝。
毕事掷江里，万死无一生。
所幸有夯男[5]，怜我母女命。
愿意拾做妻，暮年侍残躬。
乞食赴关里，一步一崎岖[6]。
至家无人相，怀女早饿死。
家中有公婆，常常饭无米。
随夫田力作，牙牙复学语。
十年吻中饭，几与猪狗比。
患难生一男，复又生二女。
小女即伊妹[7]，款款讨人喜。
中日复交后，隔海传消息。
方知先前夫，辗转竟未死。
先夫八十岁，早已婚又子。
拥财成巨贾，楼垣连栉比。
去岁省故土，新妇拒不理。
我竟为何命，摧残至肝脾。
幸有同学在，相见忘所以。
留连日近月，欲归频相止。

已入贫贱地，嫁夫生儿女。
老病随鸡狗，抛之心不忍。
闻说景况艰，联袂相周济。
携带竞何物，举世名不鄙[8]。
漂泊渡海洋，入关多扣去。
云是超规定，余物无处觅。
落此双国籍，羞于称侨裔。

【注释】①上村初荣：日本大阪市郊区农人之女。日本发动侵华战争，十六岁的上村被强征入伍。②榆关：山海关。③犄助：犄角之助。这里的意思是互相依助。④素无行：平素行凶作恶，名声极坏。⑤夯男：出苦力的男人。⑥崎岖：道路高低不平，此处有艰难之义。⑦小女即伊妹：我最小的女儿就是你叫妹妹的那个人。伊：第二人称代词，你。⑧举世名不鄙：是全世界的知名品牌。

（七律·新韵）早春游西张庄[1]

一九九三年春

杨花柳絮报晓鸡，窗纸初明燕子啼。
十年休怪青春短，一诺轻将霜鬓期[2]。
出土嫩芽餐宿露[3]，破红早蕾占微曦。
照镜眉前叹何事，东风未染绿胡须。

【注释】①西张庄：在郓城县西一公里。②一诺：一句承诺，指报效祖国的承诺。将霜鬓期：等来的是两鬓结霜。③餐宿露：宿露，凝结一夜的露水。

（古风）守岁

一九九三年

一

守岁一年穷①，对灯忆阿戎②。
伤感忌回首，开怀勉从朋。
勿咄③时俗谬，只嗟老心驽。
盛朝无草谏，何以问休从④。

二

除夜微阴逝，新年白发萌。
寒泉已无知⑤，热怀尚朦胧。
缀衣⑥迎新岁，腌酒期远朋⑦。
聚散皆成梦，值此孤灯明。

三

竹报玄枵夜，星照鲁南城。
旧门换新纸⑧，古树挂红灯。
窃喜祖孙健，不怒华发从。
此夜忆军旅，千古年心同⑨。

【注释】①一年穷：一年将尽。②阿戎：称谓，晋人称堂弟为“阿戎”。③咄：表示惊怪，如“咄咄怪事。”④草谏：草写的谏书，又称谏草。古时谏官向皇帝提意见，须把要提的意见草写在纸上，以作备忘，称为草谏。休：摈弃。从：采纳。⑤寒泉：九泉之下。因为寒冷故称“寒泉”，代指去世的人。⑥缀衣：缀补衣裳，指做一件新衣裳。⑦腌酒：腌肉沽酒。期：等待。远朋：远方的朋友。⑧新纸：新写的对联。⑨自古以来戍边的兵士在除夕之夜思念家乡的心情是相同的。年心：过年的心情。

（古风）与郓城李怀义书

一九九三年

嗟君临老况，遥想从军昔。
热血伴年少，风尘老征衣。
边关戍程远，家国劫难积。
缚虎四海靖，解甲两鬓丝。
汉侯不封广，大道缘数奇。
气正贫寒久①，诗灰悟道迟②。
我亦与汝似，悲悯两怜之。
此生既不悔，黄泉与兄期。

【注释】①因为一身正气与世不容，所以落得一世贫寒。②诗的格调灰冷，是因为对世道做人做事的诀窍不领悟。

（七律）过樊林因忆郭司令救灾往事书成一首

一九九三年二月

柏影森森草木摧，故人已作冢相偎①。
生前地位炫皇敕②，死后声名卧草莱。
忽忆糖渣救民苦，转思魑魅酿天灾。
乡人未晓葭莩事③，一举长如贯耳雷。

【解题】樊林地处郓城县城西南郊，是一处时间久、面积大、碑刻多的古代墓群。郭司令即沈阳警备区原副司令员郭长林，三年困难时期，郭长林积极施以救助，从沈阳调糖渣数车皮助郓城人民熬过艰难时期。

【注释】①冢相偎：坟头一个接一个。②炫皇敕：古代朝廷封赠官爵，称为“敕封”。炫：炫耀，夸耀。③葭莩事：又叫葭莩亲，形容疏远淡薄的关系。这里用来形容郭司令与本地县官员和人民的关系，本不属于他管辖，却能在最困难的时候伸出援助之手。葭莩：芦苇壳内的一层薄膜。

（七律）癸酉仲春漫步西沙河[1]见柳新花繁因以有作

一九九三年

溪沙日暖柳垂丝，榆蕾偷红暗压枝。
春过花期留不住，人失旺岁[2]更难追。
惜时莫若辞封偿[3]，对景焉能废酒卮。
今日无云宜游燕[4]，与君策马过逶迤。

【注释】①西沙河：位于郓城西一千米处。②旺岁：正当年，青春时期。③辞封偿：古时帝王把官爵或财物奖给臣下。④游燕：同于游宴、游谯，嬉游宴饮。

（五律）赴泰安公干过东平湖

一九九三年

鹅黄[1]初上柳，毛狗[2]挂杨枝。
漫漫行商路，飘飘青影旗[3]。
谋生计将尽，作贾力遗疲。
独谢春光好，临风把酒卮。

【注释】①鹅黄：淡黄色，像小鹅绒毛的颜色。用来形容初春柳芽的颜色。②毛狗：毛白杨的花絮，鲁地称杨巴狗。③青影旗：青旗，酒旗。

（五律·新韵）至济南开会宿五日返回途中所记

一九九三年

花落正缤纷，车行惜寸阴。
天涯为客久，湖海忆家频。
奔走羞言利，风尘已负心。
春光留不住，独自费哦吟。

（七律·新韵）致刘凤仪先生

一九九三年

负才学子报国门，驰马黄州走陆军。
桃李无言为挈领，松菊有志作人魂。
一天未弃穷当道，百岁唯余病满身。
可慰暮年多契友，伴君盛世做清吟。

【解题】刘凤仪：山东省郓城县蝙蝠刘庄人氏，从年龄上说他是作者的长辈，晚年成为诗友。

（古风）登千佛山

一九九三年三月

一

苍旻风透衣，危亭①连古枝。
佛山高何许，鸟瞰三界异。
地尽浩茫外，天开仰面时。
觉察山微动，想象人休戚。
怦然感少年，是觉登临迟。

二

大块浸苍茫，齐鲁骋目游。
形势契分野②，风烟下齐州③。
雾里峰山动，冥中黄河流。
百年片时临，万端一刹忧。
黄鹤知何处④，浮云送乡愁。

三

历山愧登临，空负载花期⑤。
人为年华瘦，路被径蹊迷。
髫髻⑥浑如梦，暮算⑦谁能知。
看远穷冥搜，抚拭愧沾衣。
历历草木在，百年无少异。

四

好山几多处？登临只一回。
大块既浸没，万松皆俯皈⑧。
齐烟望九点，山海浮一晖⑨。
禅关云脚横⑩，天门⑪瘦石垂。
俯仰即成昔，岂独羊公悲⑫。

五

东风夕阳里，红雪正纷纷。
浓枝藏归鸟，秀峰挂晚云。
蜂自恋花败，人亦惜酒樽。
青泉远送客，声歌近摧人。
回看青石路，危途达天门。

【注释】①危亭：建在山巅上的高亭。②契分野：与分野契合。③齐州：在今山东省济南市。④化用崔颢的诗句表示乡思。⑤载花期：头上插花的时期，指青少年时期。⑥髫髻：儿童下垂的头发，这里指幼年。⑦暮算：晚年的归宿，人生的结局。⑧俯皈：匍匐皈依。⑨关山沧海皆在夕阳下映上一层金辉。⑩禅关：代指佛寺之门。云脚：贴着地面的雾气。⑪天门：这里指登上山顶的路径。⑫羊公悲：羊祜是曹魏至西晋时期的名将，镇守荆襄时，登岘山对同伴说：“自有宇宙，便有此山，由来贤者胜士登此远望，如我与卿者多矣，皆湮灭无闻，使人悲伤。”语罢落泪。

（七律·新韵）读李杜诗文选

一九九三年六月

风流鲍庾①气清新，李杜文章珠走盆②。
跨跌③风生跃天马，驭鲸浪卷弄潮人。
昭天彧彩④标千代，困顿生涯看二君。
自古文章生憎命⑤，几回开卷不伤神。

【注释】①风流鲍庾：鲍是鲍照，庾是庾信，均为南北朝时期的大诗人、文学家。诗风清新、别开生面，李白、杜甫的诗风都受到他们的影响。②珠走盆：明代李东阳的《麓堂诗话》评论李白的诗是“如玉珠走盘，虽乱而不越乎法度之外。”③跨跌：意为越过都市，经过山阜。极言才能驰骋思绪敏捷。④彧彩：在文学方面有精彩的才华。彧：文采。⑤文章生憎命：有文才的人总是薄命遭忌。

（七律·新韵）过南边庄村见儿童池塘戏水因忆髫年

一九九三年六月

草漫堤坡六月天，柳荫日影舞翩跹。
捣衣声里童声笑，儿戏塘中记忆甜。
临水何堪照双鬓，向风每自起愁颜。
廿年戎马真一梦，滋味搜来老不堪①。

【注释】①老不堪：不堪回首。

（七律·新韵）晨步至刘孟庄村后

一九九三年秋

秋晨信步进庄村，茂树繁花尚可寻。
雾里稀疏闻犬吠，枝头婉转辨莺音。
身穷名贱得居稳，村静夜长锁梦深①。
试向民氓询近事，未知新县是谁人。

【解题】刘孟庄，在郓城县城以西一千米。
【注释】①锁梦深：被梦境深深地锁住，指睡得很深沉。

（七绝·新韵）碑桥

一九九五年

功名载誉著石碑，世事争如①桥势危。
人畜共希坦途亮，知它刻画的为谁②。

【解题】一九九四年五月，作者收蜜时路过梅庄村，见村人将某石碑枕于危桥，使桥平坦。时间久了碑背被磨得像一面镜子一样，但上面刻的名讳是谁并无人问津，因思人世功名，实不过过眼虚幻耳。

【注释】①争如：怎奈如。②的为谁：到底是谁。

（古风）与人言诗

一九九三年十二月

情痴近狂癫①，止足难融汇②。
艰涩涉步浅，拙朴多珍贵③。
世间寻常事，拈来入神类④。
寄情出衷怀⑤，循序入三味⑥。
要之达七情⑦，所言索梦寐。
蚌病久成珠，积习开宗位⑧。
书通万卷首，路达四海内⑨。
虽然雕虫技，也可殚百岁⑩。

【解题】这是一首作者谈自己创作诗歌体会的诗。

【注释】①要想步入诗国的深奥殿堂，必须对诗的热爱达到痴情类于狂癫的程度。②在学习写诗中遇到的障碍面前，如果停止不前，那么诗心与表达方式之间就难以融会贯通。③诗写得艰涩难读往往是在创作实践中涉步尚浅的缘故，而诗写得古朴老拙却是成熟的表现，十分珍贵。④写诗的高手能把世间看似很平常的事写得出神入化。⑤写诗的关键是要出自自己的真情所感，矫情做作绝不会写出至诚感人的作品。⑥三味：把诗、书、子、史等书籍比作佳肴美味，诗中借用“三味”一词，把诗的创作比作佳肴美味。⑦诗的生命在于要把人的七情六欲表达出来。⑧这两句是说诗人创作达到成熟之后，有些故有的积习毛病可以像久病的海蚌一样化成玉珠，有些固有的积习甚至可以开创新的流派。⑨这两句指读万卷书，行万里路。⑩殚百岁：写诗虽然是雕虫小技，但却可以耗尽一个人毕生精力，有些人可能一辈子都无法达到炉火纯青的地步。

（古风）庭院

一九九四年

碧桐生春阴，紫气①走坤门。
瑞草随阶长，祥鸟自飞临。
花映长流水，夕照片时云。
茅斋存诗画，方寸驻经纶。
士穷束谏草②，犹可善一身。

【解题】作者共有两处院子，一在城东，一在城西。庭院指作者所居住的西院。

【注释】①紫气：吉祥的瑞气。②士：作者自喻。穷：蹇困不通达。束：束之高阁。谏草：意见。

（五律·新韵）过老豆营

一九九四年

插枝护墙寨，点豆做盘飧①。
犬吠三村醒，鸡鸣五路分②。
耕耘自辛苦，收获有余温。
为问家国事，焉知换几人。

【解题】老豆营在郓城城南九千米处，传说明朝时有一姓窦的营官率人马在此安营扎寨，遂名“老窦营”，又称老豆营。

【注释】①盘飧：盘中的晚餐。②老豆营与房集、孟六、李垓、马集、机房数村相连。句中的数字都是虚词。

（古绝）三绝句

一九九五年

（一）酌曾庄

墨墨①老柳抱古庵，一望青旗烟雨间。
京都纵有酒千万，不及此地一饮干。

（二）留瓜棚

瓜田暑夏夜风凉，老翁挥扇说鬼娘。
饥来饱瓜酣可睡，时有流萤落箪床②。

（三）观花

墨紫红粉青兰黄，的花③才是真容装。
知说寒苦无虚受，各领风骚传芬芳。

【注释】曾庄在郓城西十千米。

【注释】①墨墨：长得绿得发黑的样子。②簟床：铺着凉席的床。簟：用竹子制成的竹席。③的花：什么样的花。

（七律·新韵）牡丹园

一九九四年

柴门沃土故根深，初展芳容嫉妃嫔[1]。
富贵身姿古曾有，春风面靥[2]愧无人。
三樽宴罢堪扶掖，一旨别来想到今。
寄语君王莫回首，风骚不肯过京津。

【注释】①嫉妃嫔：牡丹的美丽和雍容端庄的姿态遭到其他花的妒忌。②面靥：也称“妆靥”，是施于面颊酒窝处的一种妆饰。

（七绝）题仝一茂画梅

一九九五年

一阵春风扫冻雷，枝头寒蕾顿时开。
梅花小觑[1]雪阴冷，原是铮铮[2]傲骨来。

【解题】仝一茂生于一九三一年，逝于二〇〇〇年，笔名白丁，郓城县潘渡镇仝老家村人，书画家。山东省文史研究馆馆员，中国当代农民书画研究会理事，中国美术家协会山东省分会会员，齐鲁书画研究院菏泽分院成员。
【注释】①小觑：小看，看不起。②铮铮：金属撞击声。比喻刚正、坚贞的性格。

（五律·新韵）再过似楼村

一九九四年

红楼映新柳，绿水绕石桥。
农户浇春麦，田塍[1]起翠苗。
收成过十倍，工费[2]减三遭。
多未知因果，但觉困顿[3]消。

【解题】似楼村在郓城东南二十二点五千米。
【注释】①田塍：田埂。②工费：种地的工本和费用。③困顿：困难。

（古风）登苏阁北黄河大堤

一九九四年

黄水平天阔，波涛暗晓云。
动止摇日月，喧声惊鬼神。
无鲧窃息土[①]，今或为鲛人[②]。
有禹定九州，四奥[③]居万民。
文明与始祖，追源忆同根。

【解题】苏阁，在郓城县西北二十五千米，北临黄河大堤，是郓城的北边界。
【注释】①鲧窃息土：鲧禹治水是中国著名的民间故事。鲧，大禹之父。②鲛人：语出晋干宝《搜神记》（卷十二）：“南海之外，有鲛人，水居如鱼，不废织绩，其眼泣，能出珠。”③四奥：陆地深处。

（七律）过董店村初逢春景

一九九五年

春晖艳艳正西斜，自度物华[①]何许差。
庄后村前争引水，田间地垄种桑麻。
东风送暖催来燕，时雨含情暗沃花。
更有疏篱关不住，红桃绿柳罩人家。

【解题】董店村在郓城南一千米处。
【注释】①物华：自然景物。语出柳永《八声甘州》：“是处红衰翠减，苒苒物华休。”

（七律·新韵）悼马迁吾先生[1]

一九九五年四月

忍看飞花坠浊尘，忽惊噩耗叩柴门。
墨迹断送三杯酒，诗稿长留一介魂。
梦到黄泉路难退，泪滴焦土事成真。
生年蹇滞本而已[2]，憎命怀才是我人[3]。

【注释】①马迁吾与别人喝酒时，因饮酒过多导致脑出血而亡，固有此语。②蹇滞本而已：生活中蹇滞也就罢了。蹇滞，困顿不如意。③我人：我们。

（七律）槐花

一九九五年

四年衣食问槐花，素蕊分香震迩遐。
夜怕清霜摧嫩蕾，昼忧霾雾冻寒芽。
人穷不见春光艳，命蹇唯将收获嗟。
冰薄渊深复何味，从来辛苦是生涯。

【解题】作者在退休后曾经以收购蜂蜜为业，槐花蜜因为香味清醇，甘甜适口成为出口的抢手货，但槐花蜜最为娇贵，难以采收，开花流蜜期间冷热无常，非风即雨，往往造成歉收赔钱。这首《槐花》诗道出了作者在收蜜期间的艰苦。

（七律·新韵）题温继鹏同志新筑《无愧斋》

一九九五年十月

筑室题门无愧斋，天高地阔乃胸怀。
清风两袖勉廉耻，琴瑟三声治宪台①。
世上流俗心不竞②，胸中豪爽气难排。
我庐虽小不言陋，满座高朋诗酒来。

【解题】温继鹏，山东省郓城县人。中国楹联学会会员、中华诗词学会会员。这是作者应其邀请为新居所题写的诗。

【注释】①采用《宓子贱抚琴治单父》的典故。宓子贱曾做单父宰，任期三年间，任人唯贤，万事为民先，单父因而大治，可谓奸邪不作，盗贼不起，人民安乐。闲暇之余，宓子贱时常登上城边一高埠弹琴，抒发情怀。②不竞：不争逐。

（古风）丙子清明再吊马玉武

一九九六年

倏忽忆丧友，音容尚宛然。
沽酒招案座，得诗诵窗前。
豪气存笔墨，挥洒气如磐。
花甲正老到，赍志不可蜷。
窗纸人命薄，朔风灯影寒。
分别才三月，歧路赴黄泉。
空怀两眼泪，俎酒奠灵前。
清明作新诗，文章化纸钱。
伤心春水绿，行雁又飞还。

哭陈宝才兄二首

一九九六年五月

一（七律）

生年落拓[1]忆家贫，陶铸[2]高标塑此身。
指点沧桑乱经眼，量衡世事总成真。
结交已恨晚三纪[3]，诀别[4]难留暂一晨。
谁料期颐夭过午，凄风泪雨哭沉沦[5]。

二（新韵）

北风料峭[6]扫春温，无奈诀别在此晨。
话到喉咙塞咽语[7]，势临托骨[8]泣沾巾。
西关雅士推威望，城内豪杰断寸心。
有泪男儿勿轻抛，一首祭曲我哭君。

【注释】①落拓：不得志，穷困潦倒，寂寞冷落。②陶铸：陶冶铸造。③纪：古称十二年为一纪。④诀别：临死前的最后一别。⑤沉沦：陷入、沉没。此处指死去。⑥料峭：形容微寒。特指初春后的寒冷。⑦咽语：因悲痛而说不出来的话语。⑧托骨：死者临死前向朋友托付自己孩子的事。

（七律）西山三首

一九九七年

一

西山形胜近皇州，虎踞龙盘霸气浮。
五彩留痕铺天外，六朝遗梦说从头[1]。
盘承玉露隆颜泯，冢卧寒灰逝水流[2]。
欲问麻姑沧海事，蟠桃未稔懒回眸。

二

云雾终年裹帝威，晨钟暮鼓对京畿。
文成气象填沟壑[3]，气接琅嬛[4]照紫微。
十载著书终一梦[5]，百年痴语泪千挥。
青山有幸埋才子，不葬王侯带十围[6]。

三

持戟郎才只误身，京门走马贯清贫。
云中鸡叫盼天晓，洞里躬耕思避秦[7]。
三径荒芜忆归路[8]，十年荣辱笑疏亲。
即今便去无牵挂，一片秋山值问津。

【解题】这是以西山为题目的一组诗，内容忆旧怀古为主。其中第一首感怀六朝古事，第二首怀念曹雪芹著书于此，第三首感怀自己的当兵生涯。

【注释】①北京是中国历史上的“六朝古都”。②埋葬帝王的高冢里只剩下寒灰一把。他们的事迹就像逝水一样一去不回。③曹雪芹晚年著书于西山黄叶村，其所著《红楼梦》一书文采绚丽、气冲云霄，成为近现代中国文学艺术创作的顶峰。④琅嬛：传说玉皇大帝的藏书处。⑤曹雪芹于悼红轩中披阅《红楼梦》十载，增删五次。⑥带十围：指十围玉带，象征爵位很高的官。⑦借用晋陶渊明桃花源记典故。⑧三径荒芜：语出陶渊明《归去来辞》：“三径就荒，松菊犹存。携幼入室，有酒盈樽。”

（七律·新韵）远吊徐炳晀先生

一九九六年三月

师道尊同父母恩，百年寸草报阳春。
人生识事糊涂始[1]，泾渭入河清秽分。
规范铸人德永厚，东风化雨润还深。
身为弟子愧违孝，未有叩棺哭寝门[2]。

【注释】①人认识世界是从糊涂开始的，以后的认识含有师教的恩惠在内。②寝门：内室之门。哭寝门是古代的一种习俗，子孙、弟子可以到死者的寝门以内哭吊，朋友、平辈只能在死者的寝门以外哭吊。

（古风）读《唐宋诗举要》

一九九五年

唐诗已登顶，宋人复造极。
平心论建树，终未越雷池。
中有二三子，文采也熠熠。
三苏梅欧上[①]，曾王与鲁直[②]。
后宋终失国，文人留诗词。
放翁书愤后，稼轩讴歌时。
铁板复铜琶，正气与天齐。

【解题】《唐宋诗举要》为近代人高步瀛编选，共选录唐诗六一九首，宋诗一九七首。

【注释】①三苏：苏洵、苏轼、苏辙。梅欧：梅尧臣和欧阳询，二人均是北宋时期的诗人、文学家。②曾王：曾巩与王安石。鲁直：黄鲁直，黄庭坚，字鲁直。

（七律）出差赴京过旧蓟城遗址因忆王家瑞

一九九六年十月

蓟门烟树梦中存，旧地重游往事真。
别后思来字盈纸[①]，灵前吊罢泪沾巾。
固知困蹇归天命，岂信吾生泯芥尘[②]。
自古奇才总难用，巫咸[③]为问竟何因。

【注释】①字盈纸：指作者写了很多思念王家瑞的诗文。②泯芥尘：像芥陈一样泯灭无闻。芥尘：指尘土和小草。③巫咸：神话传说中的神巫。

（古风）赠侄孙座右铭

一九九七年

君子偷生，小子争名。
樊篱之内，岂无英雄？
君子薄势，小子趋风。
不卑不亢，岂谓苟容。
富贵不淫，贫贱不躬。
我践我素，岂谓无行。

（古风）发皇丧

一九九六年

皇上崩了驾①，娘娘②进了屋③。
村里搭灵棚，里胥④逼着哭。
有啥难过的？不胜死头猪。
台上发皇丧，台下算收入。
有生就有死，有进必有出。
死了胡屠夫⑤，就吃连毛猪⑥？

【解题】此为忆旧诗。余幼时，先父曾言及光绪和慈禧去世后民间发皇丧之事，强迫村县择地搭灵棚，吏胥逼民痛哭，无泪则以鞭敲扑之，思之可笑吟成一诗。

【注释】①崩了驾：皇帝死叫驾崩。②娘娘：民间称皇后为娘娘。③进了屋：被锁禁黑屋子里。光绪帝的宠妃珍妃因为与慈禧太后顶嘴被慈禧锁禁于北三所寿药房。④里胥：管理乡里事务的公差。⑤胡屠夫：儒林外史中的屠户。这里借用胡屠夫代表屠夫。⑥连毛猪：未经过屠宰整理的毛猪，带着毛的猪。

（古风）草帽吟

一九九八年

“刘氏冠”①，油三遍。淋不透，沤不烂。
侧竹纹理硬如板，冠师②原来出薛县。
儿时随父耕南田，散入青纱③人不见。
赤日炎炎娘送饭，田间走出“刘氏冠”。
当枕当坐当蒲扇，壶浆箪食④君勿羡。
帽中父亲留汗味，梦中常忆千百遍。
如今我亦花甲翁，犹把此冠多留恋。
戴它钓鱼河边站，戴它种花遮赤炎。
隔热隔雨隔风寒，知足知乐求康健。
泗水亭长贺万贯，我也差强饱一饭。
小院安贫乃夙愿，淡泊生活无多盼。
戴它终老郓城县，万户侯王也不换。

【解题】诗中所说的草帽，是一种流行于鲁西南造型比较古老的草帽，即俗称的六角草帽。作者认为这种草帽是《史记》上所说的刘氏冠：“高祖为亭长，乃以竹皮为冠，令求盗之薛治之，时时冠之，及贵常冠，所谓刘氏冠乃是也”。作者童年时曾看见父亲戴着下地干活，自己老了也经常戴着外出钓鱼，这首诗实际上是怀旧诗，抒发了作者对父辈的怀念和自己对淡泊生活的追求。

【注释】①刘氏冠：这种草帽曾因汉高祖刘邦而冠之，故后人称其为“刘氏冠”。②冠师：制作这种草帽的师傅。③青纱：青纱帐，高粱地。④壶浆箪食：一壶汤水，一箪饭食。箪，用来盛饭的竹制品。

（七律）致京都张振宏二首

一九九八年

一

都门[1]旧事笑谈中，云散烟消一梦空。
人面桃花[2]驹过隙[3]，风流人物水朝东。
关山浑似前生远，枫叶还如昨日红。
说到戎装鞍马泪，暮年悲彻老雕虫[4]。

二

天河耿耿夜初凉，萤火姁姁[5]过草塘。
挽臂牵衣错随梦，噬脐收水[6]补亡羊。
人归魑魅魂难死，志驻夕阳心正狂。
村野著书知老未？萧萧白发对华堂。

【注释】①都门：指京城。②人面桃花：指美丽的女子。这里似指作者自己死去的妻子。③驹过隙：即白驹过隙，白色的马驹从门缝中一闪而过，形容时间之短。④老雕虫：一生埋头读书或著述的人。李贺《南园》诗："寻章摘句老雕虫，晓月当帘挂玉弓。"⑤姁姁：喜悦自得的样子。⑥噬脐收水：泼在地上的水，难以收回来。比喻事情已成定局，很难再挽回了。

（七律·新韵）流憩元庙集蜂户家

一九九八年

绿阴深掩数间屋，石案平铺一卷书。
花暖分香怜旧舍，溪清送水育新蔬。
静中坐久知蜂语，忙里思深解布姑。
困顿生涯何所悟，粗茶淡饭自堪足。

（七律）春日登政协楼远眺

一九九八年

看透功名万念休，春光每恨等闲流。
千枝吐翠惊昏眼，万树分香花满头。
已恨无绳能系日[①]，浪思[②]秉烛夜深游[③]。
不堪斗米折腰地，陶谢[④]新登池上楼[⑤]。

【注释】①系日：用绳子把太阳系住，不让它落下山去。②浪思：胡乱的思想。③秉烛夜深游：执烛照亮，夜间游玩。形容人生苦短，应及时行乐。④陶谢：陶渊明和谢灵运。⑤池上楼：池上楼是为了纪念南朝诗人谢灵运而建。

（七律）记院中石榴开花

一九九七年

五月石榴花满株，青红点缀伴穷儒。
细听蜂语谈佳酿[①]，闲看燕泥巢我庐。
春暖片时心足慰，香分遥远意初苏。
深阴能报[②]茶当酒，何必秋甜味老夫。

【注释】①蜂语谈佳酿：嗡嗡的蜂语，好像在谈论酿造蜂蜜的艰苦。②深阴能报：石榴的花叶可以为人遮荫，何必非要吃它的果实呢。

（七律·新韵）九日登高和人

一九九八年

壮心此日便登高，送雁清风上碧霄。
黄叶原无零落意，菊花好自负英豪。
力疲尚健余千叟[1]，志久不衰独我曹[2]。
与尔重评今古事，割鸡恰便试牛刀。

【注释】①力量不如以前但身体尚好的老人很多。②像我们这样，人老了但猛志尚存的人也不过只有你我二人。

（古风）诗聊斋《画马》一文

一九九八年

人间乘黄[1]何处生，放之瀚海求龙种。
耳作削竹[2]蹄覆碗，骨如棱石鬃成疏[3]。
世间龙驹出未尽，其唯故主在临清。
临清曾某家窭贫，壁有子昂[4]马一帧。
晨起但见驹卧甸，白质黑章似画中。
只疑富家马逸出，不妨借去入晋城。
一旦骑向晋王府，腾踏[5]强似拨云龙[6]。
趵蹄[7]竖肩向天嘶，蹶若历块追闪风。
走街过市人观睹，满口交啧赞誉声。
晋王千金得宝马，不该遣渠赴临清。
一入旧巷寻不得，围人[8]空余丝绦绳[9]。
遍寻里巷皆不见，只有一画挂墙中。
画中一马差强似[10]，况乃烛烧焦尾同[11]。
世无伯乐谁相马，腹有良途唯虚空。
自古腾骧非易事，一声长啸附北风。

【注释】①乘黄：传说中的神马。②削竹：出自《相马经》："马耳欲得相近而前立，又欲得小而锐、状如削竹。"③骨如棱石鬃成疏：瘦如棱石皮毛稀疏也是好马的标准。④子昂：赵子昂，元代著名画家。⑤腾踏：马在奔跑时的样子。⑥拨云龙：拨开云雾下凡的龙，这是作者用来形容画马的姿态。⑦趵蹄：用蹄子刨地。⑧圉人：喂马的人，此处指晋王差遣来临清办事的人。⑨丝绦绳：用丝编的辔头。⑩差强似：看着好像是。⑪ 何况马的尾部也有火烧的痕迹。

（七律）麦收二首

一九九九年

一

南风日日翻金浪，布谷声中小麦黄。
地湿新逢泼场雨，镰锋专等石开茬。
皇恩浩荡除繁赋，大国根深在富藏。
寄语良丞须记取，丰收更重广存粮。

二

民间一麦赶三秋，小姐公子都下楼。
镰割膝头日方醒，人归夜半月如钩。
三餐饭食比天大，万国安危系一收。
血汗换来粮入囤，虽然辛苦更何求。

（七律·新韵）入伏热甚司广明兄自言闭户写书固以有寄

一九九八年

我兄面壁[1]过三伏，胸有良谋万念除。
血泪无言俱凝字，雪泥留爪[2]始成书。
洛阳纸贵勿须虑，玉体盈羸[3]不可忽。
值此浮瓜沉李[4]季，"平安"二字问何如。

【注释】①面壁：面对墙壁默望静修。这里指摒除杂念，集中精力著述。②雪泥留爪：指鸿雁在泥雪地上留下的爪印。比喻往事遗留下的痕迹。③玉体：身体。盈：发福。羸：瘦弱。

④浮瓜沉李：浮沉在水中的瓜果，是夏天清凉可口的食物。比喻夏日消暑的乐事。

（古风）送女儿入湖南大学

一九九八年秋

不弃寒窗苦，一朝跳龙门。
闻报先喜母，复传慰我心。
恒念衣食艰，兼忧天下人。
我女有奇志，先贤俱可伦。
楚风异鲁地，良师有人民。
天下为己任，不必思家亲。

（古绝）题郓城一中所遗太湖石

一九九九年冬

瘦陋剔透石千孔，点缀江山成太平。
有才已去补苍昊，无能便做此营生。

【解题】郓城一中大门前置太湖石一方，是明代樊侍郎所置雪霁草堂遗物。

第六卷

（古绝）题赠任汝勇同志

一九九九年

三载寒窗一世亲，至今交往非常人。
山珍海味都忘了，记得单垓[1]馈薯根。

【解题】任汝勇是作者少时的同窗好友。写这首诗时作者已经五十四岁，在最困难时期，作者曾经吃过任汝勇从家中带来的红薯。万般滋味，油然而生，因写了这首诗。

【注释】①单垓：村名，在郓城正南七点五千米。

（五律·新韵）游棘梁山

一九九九年

时势造英雄，江山气象生。
苍崖留水渍，古道任云横。
叱咤乾坤震，往来生死轻。
兴亡随替代，谁与卜龙腾。

【解题】棘梁山：山丘，属东平县，相传是阮氏三雄的故乡。

（七律）千年交夕志意

一

夜渡千年想象深，白头老者忽南巡。
不甘屈辱百喋血，为展赤诚三隐沦。
请看黎民渐温饱，揣度暮岁怎分心。
摩崖百丈无钻字，留教后人做诔文。

二

根在炎黄本弟兄，势在归合两岸情。
六十年后一握手，耿耿此心两相通。
擅动甲兵非英主，割裂国版是真凶。
记得生前论统一，方知邓老有奇功。

（七律）往事

二〇〇〇年

旧景伤怀泪湿衣，且羞鬓发早成丝。
忧心未减痼[1]如癖，穷困随身些未移[2]。
知耻违时若他笑，清廉异代破人嗤。
当年豪壮今成叟，创业艰难几个知。

【注释】①痼：经久难治的病。②些未移：一点也没移动，一点点也没改变。

（五律）问钓友

二〇〇〇年四月

闻君垂钓多，南浦①水如何？
绿浪吞前渡，蒹葭②满故坡。
群鳞荐一蹿③，众鸟报欢歌。
我欲归其所，终年老笠蓑④。

【注释】①浦：水边。②蒹葭：芦苇。③蹿：跃起状，向前猛冲状。④笠蓑：斗笠和蓑衣。古代钓翁必备之物。

（七律·新韵）赴县文代会饮归诗赠卢明同志

二〇〇〇年十月

一

世事难逢一碰盅，更兼满座尽高朋。
文达憎命通灵气，路蹇①安贫远帝京。
山幽草深能卧虎，民间水阔可藏龙。
欣闻擂鼓曹州动，一半人杰在郓城。

二

列炬笼纱②映壁红，奎星③当户照群英。
华章有象吞虓虎④，翰墨分曹⑤佐卧龙⑥。
沉稳今出少年第，张狂昨鼓老龙钟⑦。
扬镳⑧从此看鞭马，顾我还须青眼横。

【解题】卢明：作者在郓城县的文学好友之一。二〇〇〇年秋，郓城县文学艺术代表大会召开提倡“创文学艺术大县”，作者参与了这次会议。这是作者会议期间同诸位诗人、作家聚餐后写给卢明的两首诗。

【注释】①路蹇：路途坎坷，不顺。②列炬笼纱：挂起一排排红灯笼。③奎星：星名，二十八宿之一，古人认为奎星主文章。④虓虎：猛虎，怒吼的猛虎。⑤分曹：分别，分队，分班。⑥佐卧龙：是“卧龙佐”的倒装句。“卧龙”喻怀有治世之才的人。⑦少年沉稳老张狂，为人之难得者。因少年时没有经验，对人心险恶、世事艰难都不了解，所以一定要稳重，沉稳能减少错误的发生。等到年老，经历的事多了，经验丰富了，但往往锐气也磨尽了，大部分人就此消沉，无所事事。这时候的老年人如果敢想敢做，稍露张狂之气便是难能可贵的了。⑧扬镳：分道扬镳，此处指扬鞭催马的意思。

（七律·新韵）河北战友网上发来去年复游西山顺义故营房照片十余幅因有所记

二〇〇〇年

春雨新荣万里山，东风未染镜中颜。
人逢老背①惊回首，事过其时恨不还。
以死衡身②称万幸，将薪比奉③愧千般。
劫余犹庆留残纸，自把诗书忆等闲。

【注释】①老背：老悖，郓城一带方言，即老迈之年力尽气衰。②以死衡身：将死去的战友和自身相衡量。③薪：薪水。奉：奉献。

（七律·新韵）忆西行珠窝过三家村

二〇〇〇年年秋

西行只道众山深，岭抱一村绝世尘。
古树弯腰挂红叶，苍崖袒腹揽白云。
春花秋色无私就，地气天灵有用心。
无命将身生此坻①，识途何必问知津②。

【解题】珠窝在京西约四十五千米，归属房山县管辖，在西山深处，路径奇险，风景秀丽。一九七五年作者曾随部队至珠窝。故有此忆。

【注释】①坻：山坡。②津：渡口，此处为路口的意思。

（五律·新韵）忆门头村

二〇〇二年三月

九年临战备，地近门头村。
草舍深藏树，寒山夜暖人。
生涯寡一笑，命运易悲辛。
松外谁执友①，转于章句②亲。

【解题】门头村位于北京西山阅武楼以南一千米处，距北京西直门二十千米，与松堂隔路相望。相传此村乃清兵入关时由八旗所抓的异族俘虏聚居而成，后衍生成村。至作者居松堂营房时，此村已成知名村庄。

【注释】①执友：至交、好友。杜甫《赐卫八处士》："怡然敬文执，问我来何方。"②章句：指诗篇。

（七律）落叶

二〇〇二年

欲扫高云①难选枝，采阳报本寸心痴。
青春奋斗徒堪说②，老去飘零更可悲。
历尽艰辛实穗满，回看身后蕾芽垂。
未随腐朽同流去，西陆送余入故基。

【解题】此以落叶自比也。

【注释】①高云：高天之浮云。李白《登金陵凤凰台》诗："总为浮云能蔽日，长安不见使人愁。"②堪说：只能供说一说。意为青年时期的奋斗已经不起什么作用了。

（七律·新韵）获陈进轩先生赠书因以题扉

二〇〇二年六月

五十九岁置闲身①，宦海旁观论陆沉②。
空盼华章干气象③，未闻彩笔扫浮云。
盛名难负帝王旨，文采长留霸主心④。
应是渔樵⑤多悟透，隔山一唱有余音。

【解题】陈进轩：郓城县人，作家，全国作协会员。

【注释】①置闲身：指退休。②陆沉：沉沦、隐没。③干气象：气象，指山河之气，此处指局势。④文采：文学方面的才华。喻华丽的文辞不过空表霸主之意。⑤渔樵：捕鱼砍柴的人，代指隐者。

（七律·新韵）钓趣

二〇〇二年

应知垂钓乐无穷，绿水青禾万里风。
漫笑浑身鱼蟹味，强如战地草根腥①。
京城隔世偏遥远，国事幽深费打听②。
无意荣华真命定，我生合是放纶翁③。

【解题】作者一生没有别的嗜好，只喜欢垂钓。然此诗之旨未必全在咏钓事，借钓事另有所指，恶战事、遁世俗、淡泊为此诗之旨。

【注释】①出自元裕之《壬辰十二月车驾东狩后即事》诗："高原水出山河改，战地风来草木腥。"概述厌战之意。此处以垂钓比及战事，以血腥与鱼腥相比，表明了作者对战争的厌恶。②京城之事，恍如隔世，极显遥远，已有出世遁俗之意。③放纶翁：垂钓于河边的老翁。

（七律·新韵）复怀马迁吾先生

二〇〇二年

伤心最是落花天[①]，几许沉思到九泉。
坦荡胸怀明似水，敏捷才气语双关。
人因嗜酒分余苠[②]，诗到青纯返自然。
一去泉台数回首，对灯无语泪相连。

【注释】①落花天：春日将尽之时。②苠：忠诚、忠心。

（七律·新韵）华山怀古

二〇〇二年

一

闻道华山似剑雄，登临寻看巨灵功[①]。
三秦[②]有相生龙脉[③]，二世无缘守帝城。
便挽河漕控天险，足凭领甓下山东。
长安自古笙歌地，坐视新朝享太平。

二

关抱崤函座二陵，六朝梦罢片云空。
依山高冢皇王墓，乱眼灯光古帝城。
百代征伐归逝水，千秋霸业尽秋风。
秦人世事今安在，衰草铜驼夕照中。

【解题】一九九〇年作者行经华山。此回忆之作。

【注释】①华：指华山。巨灵：河神。②秦亡后，项羽三分关中，号为三秦。③龙脉：有盘龙之相。此谓西安市古为汉唐都会，地有龙脉之相。

（七律·新韵）雪夜

二〇〇二年

飞雪门前雪满门，暮飧举酒雪积深。
梅花顾影能无雪，踏雪寻梅独有神。
莫怨迷途雪断路，且听风雪夜归人。
心驰雪域三千里，多少忧思雪地魂。

（七律·新韵）初访李怀义家

二〇〇二年

怪道归来居坦然，却从庄外起庭园。
春风八面苏杨柳，好雨四时洇垄田。
平淡生活最知味，清贫门第富幽闲。
叩环问姓呼执友，杯酒篱蔬[1]话旧年。

【解题】李怀义家在鄄城县北李进士堂乡李庄，距作者所在地约四十千米。
【注释】①篱蔬：园中蔬菜。因园中插有篱笆，故称篱蔬。

（七律·新韵）谒舅父居

二〇〇三年

一丛碧树有春阴，田间躬耕老此身。
宿架公鸡报晓者，卧门小狗打更人。
粗茶淡饭余温饱，草舍茅庐便隐沦[1]。
贩篓织席王佐[2]事，强如鞍马赚乾坤。

【解题】作者舅父有二，大舅房守孝，二十世纪八十年代卒于痴挛病。二舅房守科，卒于二〇〇八年，寿享九十二岁，一生勤奋，善于编席织篓。此处所言舅父者，正此人。谒，恭词，特指下级晋见上级，晚辈进见长辈。舅父住房集村南。

【注释】①隐沦：指深居不仕。②王佐：有辅佐帝王的才气。

（七律·新韵）野钩抒怀

二〇〇三年

静中风景看从容，杨柳阴阴老钓翁。
暖日村前蝉唱远，落霞云外鸟飞轻。
十年悟透人生味，一旦惜余草露情。
赖有林泉堪悦目，渔樵处处好心胸。

（七律）《过秦论》览后

二〇〇三年

说甚关门百二重①，蛰龙②醒后帝王空。
尽销利器挥锄耒，焚毁诗书唱大风。
未必项刘生好斗，可怜吴楚长枭雄。
秦人事散桃花水，古洞卧听鸡一鸣。

【解题】《过秦论》西汉贾谊所著。他看到西汉初年，由于分封诸侯而产生的地方势力过大，有分裂割据的危险，曾上书汉文帝，提出削弱诸侯势力加强中央集权的主张，建议“众建诸侯而少其力”“割地定制”以维护全国的统一。他的部分建议被采用。《过秦论》前者提出加强中央集权，削弱地方势力的主张，后者详论秦朝成败的原因，以作为汉初统治的借鉴。

【注释】①百二重：“百二者，得百之二”。②蛰龙：潜藏在地下的龙。

（五律·新韵）宿房集村

二〇〇三年

村外多林薮，晨昏辨鸟鸣。
风来空气好，雨过麦田青。
粗饭疗饥馁，深谈娱晚情。
乡俗重聚首，谁肯论功名。

（七律·新韵）复黄本国春节电话问候

二〇〇三年

电话来时夜色残，共将吉语报平安。
知足且喜身康健，遗憾也悲人不全。
历尽劫波无愧耻，遍寻福祉总寒酸。
商山四皓①今谁在？我欲择邻②度晚年。

【注释】①商山四皓：指秦未东园公、角里先生、绮里季、夏黄公，四人避乱隐居商山。②择邻：挑选品德学问良好的人为邻居。

（七律·新韵）因复京中友人书忆军中旧交

二〇〇三年

位卑未必无人物，漫漫黄沙埋玉珠。
许马邱黄①性良善，牟王张赵②有铮瓠③。
梅花雪后真君子，松柏风中大丈夫。
梦里知交皆散去，孤灯无语照残书。

【注释】①许马邱黄：军中故人许金英、马连生、邱贻波、黄本国四人。②牟王张赵：牟正义、王家瑞、张振宏、赵澍四人。③瓠：大骨。

（七律·新韵）答张后山及诸同学

二〇〇三年

闲来谈笑附琴书①，未取辕门②富贵途。
早岁存心图报效，年来转意守蓬庐③。
宏图有识雕难象④，忧愤无端的欲除⑤。
自古空闻献赋客⑥，良谋坐使老屠苏。

【注释】①琴书：琴和书。古时书生寄情抒愤之物。②辕门：军营营门，也指军中官署。③蓬庐：蓬草塔成的庐舍。④国家有宏图大计，但到达底层已难得符合。⑤忧愤有之，无所归怨，应该把无端的忧愤去除。⑥献赋客：作赋而献于皇帝，干禄之举也。

（七律·新韵）癸未初春获卢明同志电告身在香山公园游玩乃忆旧地亡人触怀甚深因成二首

二〇〇三年春

一

客过香山说翠微，卅年①回首泪一挥。
壮怀堪忆复堪笑，旧地可游兼可悲。
直信前缘②直命定，漫推天意负人为。
唯春不避伤心处，红雨黄英满院飞。

二

游罢香山话此行，春霖沥沥寄重情。
前生有泪说萋草③，后世无途学劲松。
爱恨书成催老道，荒唐纸满笑年庚。
请君代扫当年路，几处遗痕忆帝京。

三

人到香山庆一游，诗中故景费搜求。
青春好忆成长恨，旧梦难寻是短俦。
九转迷途归命解，三生遗愿自心收。
阆风亭[④]上凭栏处，决眦[⑤]松阴笑逐流。

【解题】二〇〇三年初春，卢明同志赴北京香山公园游览，并用电话告知是读到作者的诗作特意来香山公园的。美丽幽静的香山公园曾是作者与前妻多次约会的地方，香山公园不远的松堂营房更是作者居住九年的“青春流逝之地”，故地重提，勾起了作者许多回忆。这三首诗皆为回忆之作。

【注释】①卅年：三十年。作者前妻于一九七三年病故，至作者写这首诗时已相隔三十年整。②前缘：前世因缘。③萋草：生长茂盛的青草，兼有伤别之意。此处引用是自嘲自己已经年老，仍对过去的往事充满深情，近似荒唐。④阆风亭：在香山公园南部，香山寺遗址之上，森玉笏之下。⑤决眦：瞪大眼睛看。

（七律）麦前过房集村

二〇〇三年六月

青荷楚楚[①]满村塘，麦熟时传淡淡香。
一夜浓云行好雨，千家碌碡[②]轧新场。
民崇丰穗食为大，国重根基粮做纲。
天意报人酬盛世，蘸风滚滚动金黄。

【注释】①楚楚：植物茂盛的样子。②碌碡：轧谷物、平场地、平田地的农具，圆柱形，用石头或梗木做成。范成大《四时田园杂兴》：“系牛莫系门前路，移系门西系碡边。”

（七律·新韵）访陈进奎同志刘孟庄暂居

二〇〇三年

绿树婆娑雨后新，院中蜂语静能闻。
字兼拙古①惊魔道②，人本诚实喜率真。
笔下梅兰堪做友③，砚边山水论知音。
无心富贵聊一笑，天外清风逐淡云④。

【解题】刘孟庄，在郓城县以西一千米，二〇〇二至二〇〇四年陈进奎曾赁居于该村。

【注释】①字兼拙古：拙古之道为书法正道。②魔道：进入走火入魔的状态，郓城方言有“要想磨到必须魔道”。此处比喻陈进奎的书画皆进入痴迷入心的成熟阶段。③“梅兰菊竹”为古人作画的重要题材，《芥子园画谱》为“梅兰菊竹”专开一页。陈进奎以画梅兰菊竹为主，老于此道、自成一体。④语出杜甫诗《丹青引赠曹将军霸》：“丹青不知老将至，富贵与我如浮云。”

（七律·新韵）为孙林重立碑碣作

二〇〇三年

龙生九子①有齐孙，百半年中显二人。
布阵斩姬②知胜术，生擒太子③见谋心。
天贻锐气辉牛斗④，地贶风华绕右林。
日暮重临白虎地⑤，铿锵流水带兵音。

【解题】孙学春，郓城武安镇孙林村人，与作者同为转业军人。

【注释】①龙生九子：语出《玉芝堂谈荟》：“龙生九子不成龙，各有所好。”②布阵斩姬：孙武训练女姬，为严明号令，嬉笑者斩为首。③生擒太子：《史记·孙子吴起列传》：“齐因乘胜尽破其军，虏魏太子申以归。”④辉牛斗：语出南朝刘宋雷次宗的《豫章记》：“吴未亡，恒有紫气见于牛斗之间，占者以为吴方兴，唯张华以为不然，及平，此气愈明。”⑤白虎地：又作白虎星对应之地，代指兵家住宿之地。

（七律·新韵）记补欠薪

二〇〇三年秋

梦幻成真补欠薪，国恩浩荡降柴门。
班辽[①]昔日多监控，县大[②]而今始问闻。
困蹇无扶俱连索[③]，拨云见日赖明君。
十年旧政真堪忘，后续中兴要有人。

【解题】二〇〇三年五月至二〇〇三年六月，企业军转干部邀请政府、人事等部委领导座谈，座谈情况以简报的形式呈报中央。胡锦涛同志对企业军转干部的困难十分同情，立即做了“尽快调研、尽快解决”的批示。山东省接到批示后，分两次拨给拖欠的工资和养老金。作者于一九九一年底因病退休，至二〇〇三年企业因改革共拖欠作者养老金一万三千余元，至此全部予以补发。

【注释】①班辽：班僚，一般僚属。②县大：县官。③连索：连锁反应。

（七律）癸未中秋与友人登金提

二〇〇三年

岁岁秋萧负抱怀，笛笳声里老军哀。
直为报国催征马，未料浮沉系县台。
一段柔情月分梦，三千诗酒雁衔怀。
兴来菊酿酬高处，震荡心胸是晚雷。

（七律）癸未中秋步前韵寄河南友人

二〇〇三年

万古逢秋酒一杯，暮年回首事堪哀。
三年忆死[①]香山地，一足捷登峰火台。
命蹇荷花该落魄，时来蓬草贺成才。
至今徒有朝葵志，倚向西窗听晚雷。

【注释】①忆死：回忆作者一九七三年病逝的前妻。

（五律·新韵）题《松堂披玉图》

二〇〇四年

忆昨松堂雪，彤云掩蔽庐。
一山伏蜡像，万树挂珊瑚。
宿酒温寒夜，悲歌散有无。

【解题】《松堂披玉图》是作者所画的山水画，绘的是松堂一九七〇年隆冬雪后的景色。

（七律）日暮逢雪有思

二〇〇三年冬

心似熔炉日夜红，锤文锻字老雕虫。
缅怀往事勾沉絮，自坐书斋避世风。
一段泥途花没水①，十环旧路草连空。
年年飞雪作帘幕，隔断前情似梦中。

【注释】①作者前妻患白血病而死，已经31年了。

（七律·新韵）赵朱庄云联弟来探老母临别有赠

二〇〇四年

春临草舍语无多，杏眼桃腮送碧波。
每恨行年①快如水，却羞壮志走蹉跎②。
一声吹柳③儿时味，几处飞花梦里歇。
自笑斑衣老来子，娱亲④堂下舞婆娑。

【解题】赵朱庄在郓城西南十二点五千米。赵庄刘氏兄弟四人，其母与作者母为同祖姊妹。

【注释】①行年：已经历的岁月。②蹉跎：虚度光阴，比喻失意。③吹柳：鲁西南风俗，以清明时柳枝，揉去其骨，取其皮做哨筒而吹。④娱亲：语出《辞海》老莱子项：“春秋楚人，性至孝，年七十，常着五彩斑斓衣作婴儿戏以娱其亲。”

（古绝）和汤景灵《夏日即景》

二〇〇四年

轻摇葵扇对星空，平生追逐淡泊中。
身无愧事敢斥鬼，夜半拍门心不惊。

【解题】汤景灵：郓城老骥诗社成员。郓城张集汤垓村人，著有诗集《荒庭咏志》。

（七律）李怀义应邀来住三日临别有赠

二〇〇四年

长亭分别忆京华，流水归村聚暮鸦。
旷野风清散名利，庭前日暖绽桃花。
锦城[1]再好身为客，老屋虽贫总是家。
也学农民务田地，退休公事种桑麻。

【注释】①锦城：原指成都，此处泛指繁华的大都市。

（七律·新韵）中秋述怀

二〇〇四年

月到仲秋分外明，光华似水照寒城。
镜中雪色临双鬓，梦里军旗过五更。
往事聊堪共谈笑，新诗不配缀升平。
与君且尽三杯酒，明日风前看转蓬[1]。

【解题】此为回忆之作，时作者六十岁，离开部队已二十四年。
【注释】①转蓬：秋天枯萎随风飘飞不定的蓬草。

（五古）断金亭赠毕爱德

二〇〇四年

岁失休恨水，雾来频看花①。
勋业少年事，灰心老生涯。
有志且伏枥②，无剑怎报答③。
一曲征辽歌④，明心对晚霞。

【解题】断金亭在梁山之上。传为梁山好汉结义之处。毕爱德，梁山赵堌堆人，是作者同窗好友，此探望毕爱德后与其分别时所作。

【注释】①眼睛昏花就像来了雾一样。杜甫《小寒食舟中作》：“春水船如天上坐，老年花似雾中看。”②伏枥：曹操《龟虽寿》：“老骥伏枥，志在千里。”③语出刘长卿《献淮宁军节度使李相公》：“家散万金酬士死，身留一剑答君恩。”④“征辽歌”：又名《征辽东》，晋鼓吹曲：“言宣帝陵大海之表，讨灭公孙渊而枭其首也。”

秋夜有思寄毕爱德同志（七律）

二〇〇四年

诗平块垒①酒浇魂，解甲来居荒野村。
自忆平生无坠志②，焉知命里有穷根。
一身高洁③蝉鸣树，百世腾骧④虱处裈⑤。
自是凡鱼羞点额⑥，泥途⑦不肯跃龙门。

【注释】①块垒：垒块。不平的意思。②坠志：自暴自弃，沉沦下去。③一身高洁：语出唐骆宾王《在狱咏蝉》：“无人信高洁，谁为表余心。”④腾骧：超越，奔驰。⑤虱处裈：语出《晋书·阮籍传》：“独不见群虱之处裈中，逃乎深缝，匿乎坏絮，自以为吉宅也，行不敢离缝际，动不敢出裈裆，自以为得绳墨也。然炎丘火流，焦邑灭都，群虱处于裈中而不能出也，君子处域内，何异夫虱之处裈中乎？”此处喻卑鄙龌龊之人。⑥点额：语出《三秦记》：“江海鱼集龙门之下。跃而上之，跃过者化龙，否则点额暴鳃。”⑦泥途：草野，又指污浊之中。

（五律）秋兴

二〇〇四年

幸至登临处，秋清云淡时。
天高随雁走，日短吝花迟。
寒水初凝露，低风早散漪。
盘弓看流火①，此意几人知。

【注释】①流火：语出《诗经·国风·豳风·七月》：“七月流火。”此处意为盛年已过，老之将至，一事无成。

（七律·新韵）重阳记事

二〇〇四年

贯经坎坷羞言悔，每向斜阳听鼓吹。
雁过长空明淡远，菊香重九示行为。
平生历练惭虚度，赍志乖违①愧酒杯。
休笑廉颇不服老，虔刀②犹可任君挥。

【注释】①乖违：违背。②虔刀：出自典故《吕虔佩刀》。

（七律·新韵）示卢明弟

二〇〇四年

光阴未负等闲身，一去军营十九春。
石陋无缘补天窦，位卑未敢忘宸阍①。
壮怀夜作刘琨舞②，白发朝合屈子魂。
漫笑余年空老悖③，犹堪北斗④对丹心。

【注释】①宸阍：皇宫大门，代指国家。②刘琨舞：语出《晋书祖狄传》：“祖狄与司空刘琨具为司州主簿，情好绸缪，共被同寝，中夜闻荒鸡鸣，蹴琨觉曰：‘此非恶声也。’因起舞。”③老悖：老了就会糊涂。④北斗：星辰名。七星位太微北是紫宸的象征，以丹心对北斗，明此心念及朝政，耿耿难忘于国事。

（七律）宋国胜、靳方进二君约赴王屯钓鱼喜而相从因有所记

二〇〇四年

二君约我钓秋江，万木萧疏叶正黄。
两鬓经霜知命促，一年将尽为谁忙。
京门老叟[1]依然瘦，野渡菊花分外香。
悟罢人生应放眼，碧空来雁入诗行。

【解题】宋国胜和靳方进都是钓鱼爱好者，是作者的邻居和钓友。王屯：郓城地名，在县城北十五千米。

【注释】①京门老叟：因作者曾居住在京城二十年，故自称京门老叟。

（七律·新韵）答邯郸战友刘新泽同志

二〇〇四年

自封书塔做雕虫，回首前尘似梦中。
两鬓风霜新染就，一怀磊块旧积成。
休谈往事招人忤[1]，免论心知与客争。
人老虽然多识见，敢因弯路笑年轻。

【解题】刘新泽：作者寓居西山时期的战友，经常与作者交流文学。

【注释】①忤：忤逆。

（七律·新韵）春钓

二〇〇四年

桃花开过天时好，艳艳红轮挂嫩梢。
跳浪鲤鱼戏新水，衔泥燕子聚浮桥。
儿童倒曳风筝线，农友正追回绿苗。
我亦垂竿试深浅，东君①却吝染斑毛②。

【注释】①东君：春神也。②斑毛：指花白的鬓发。

（七律·新韵）寄郁书怀赠王凤翔

一九九〇年

沽酒前村带雪归，昏灯草舍好相偎。
报国心在徒堪慰，过户风高任意吹。
无路迁职听话鬼①，有妻添菜助干杯。
开怀且买醒中醉②，一梦觉来万事非。

【注释】①话鬼：说说鬼祟之事。②醒中醉：诸人皆醉我独醒。

羊年除夕感怀呈王锡亮先生（古风）

二〇〇三年

自古文人多相轻，榻旁难容酣睡声。
唯有何仓王给谏①，奖赏后进②有奇功。
百年人生真如梦，几处烟云尚朦胧。
二十岁前为顽童，三十始知论年庚。
白眼③冷笑万户侯，持才徒为马行空。
军旅耻食嗟来饭，白衣④敢把权贵轻。
龙门不跳空点额，沧海有志抟飞鹏⑤。
一落红尘三千丈，尚留只爪在云中。
四十本为不惑年，却为生活奔西东。
五十原应知天命，翻成老骥赶前程。
曾为底事写诗词，复恋笔意访画翁。
画翁已死三百载，坟隔骨朽哭不应。
底事破碎心血冷，也如秋叶转飘零。
如今六十两鬓斑，计点心怀万事空。
未知诗词为何物，几句虫吟多未工。
偶然兴来写春山，满纸涂鸦惹青蝇。
平生惯为衣食叹，厌作人间歌颂声。
荆棘愧负湔⑥祓力，贫寒难忘提携功。
只是豪言半飞灰，空怀惭颜对我兄。

【注释】①给谏：唐宋时“给事中”及“谏议大夫”的合称。②奖赏后进：对落后于他的人提拔奖赏。③白眼：用白眼看人，指看不起人。④白衣：没有官职的平民百姓，也称布衣。⑤抟飞鹏：语出《逍遥游》：“鹏之徙于南冥也，水击三千里，抟扶摇而上者九万里。”⑥湔：浣洗。

（七律·新韵）戏酬王凤翔邵西索同志来访

二〇〇五年

风马牛头本不伦，若为泥解[1]有前因。
水枯祸到池鱼地[2]，龟老殃及桑树根。
无拜官权争强项[3]，却辞斗米耻躬身。
暮年罗雀一回首，且喜禛福[4]是窭贫。

【解题】王凤翔和邵西索均为作者的同班同学。

【注释】①泥解：牵强。②指城门失火，殃及池鱼。③强项：语出《艺文类聚卷五十》晋司马彪《续汉书》。④禛福：真正的福气。

（七律·新韵）邯郸战友刘新泽电话告知去岁因事过松堂旧路云两旁皆楼房店铺商贾云集昔日旧居已认不得因有所思

二〇〇四年

愧对青山说久违，纵然有路与谁归。
春风不染桃花面，时雨能新含黛眉[1]？
旧树犹存人易老，青春已逝马难追。
细思忆旧浑如梦，万事萧条附酒杯。

【注释】①黛眉：用青黛色描过的眉毛，泛指年轻女子的眉毛。

（七律·新韵）再寄新乡黄、王二兄长

二〇〇五年春

走马军中才未贫，潮来终似泛萍身。
随人革命兼革己，任水主升旋主沉。
记起婚姻葬蒿草，忘乎魑魅变谁人。
只今赖有清樽在，一曲新词碎客心。

（七律·新韵）咏蝉

二〇〇五年

默默无闻如许年，餐风饮露最贫寒。
志坚雨打声犹响，身正枝摇影自悬。
不信谀人能利己，唯知苦口是良言。
怜君至道空相重，云散清高一片天。

赠旧友

二〇〇五年

一封书信念寒窗，戎马生涯亦感伤。
鸿鹄辍耕成昔话，关雎咏句泣残章。
力争人事心徒有，命蹇途穷力不将。
早欲辟除三径路，东归不晚论菊香。

（七律·新韵）春日晨步至徐屯村桥头

二〇〇五年

三月春机满眼生，红桃绿柳紫梧桐。
向阳高树巢归鸟，临水深枝啭乱莺。
夜半人惊带风雨，阶前花喜透窗明。
去来曾与谁商议，短纸长心写坠红。

（七律）访艾洼二首

二〇〇五年

一

休嫌地僻人冷落，独爱春深去日迟。
泉水终年声潺潺，山水四季色猗猗①。
家中只道孙添子，世外谁知魏晋②时。
问起桃源鸡犬事，人人偷岁过期颐③。

二

深山独峙④掩蓬篱，峡里光阴春去迟。
忘却百龄余几叟，但知两鬓仍青丝。
野花向阳犹争岁，松柏不凋难计时。
取问麻姑水干否？欲去东海砍桑枝。

【解题】艾洼：山谷名，在泰山东北麓。

【注释】①猗猗：植物繁茂的样子。②魏晋：陶渊明《桃花源记》写桃花源中人与世隔绝："问今是何世，乃不知有汉，无论魏晋。"③期颐：指寿百岁。④峙：屹立，耸立。

（五律）乙酉岁尾题励

二〇〇五年

时光过岁尾，风雪伴梅花。
寒尽三更夜，春临万姓家。
知难将蹈火[①]，行道欲浮槎[②]。
老病期余事[③]，诗书照晚霞。

【解题】岁尾：腊月尽时。冬到极点，冬去春回，故曰“春临万姓家”。乙酉冬至时为二〇〇五年十一月二十二日，故云岁尾。

【注释】①蹈火：赴汤蹈火，不避艰险。②语出《论语公冶长》：“道不行，乘桴浮于海。”③期余事：期盼余下未完成之事。

（七律·新韵）有邻送荠菜食之甚佳次日与妻往采之归而有记

二〇〇五年

幸我茅庐近麦田，得寻野草品时鲜。
经冬荠菜含辛苦，带露春蒿性隐甜。
孔子学高厄陈蔡，齐夷[①]德厚忍饥寒。
盛朝不必忧饮断，榆蕾即施半两钱[②]。

【解题】荠菜：十字花科，越年生，草本植物。生麦田中，初春与小麦同生。茎、叶、根皆可食用，性微甜无毒。

【注释】①齐夷：指伯夷和叔齐。②半两钱：始秦末铸半两钱，重如其文。

（七律·新韵）清明记怀

二〇〇五年

尽秋往往惊冬短，谁道春回又半年。
老眼花深频换镜，灰丝[1]渐短不堪簪。
采薇羞论包禹贡[2]，病饱何谈禁火烟。
鲁叟[3]生涯应坎坷，闭门自写寸心丹。

【注释】①灰丝：灰白色的头发。②包禹贡：语出《史记夏本记》，是说禹治水有功，惠及南北，故贡中有桔柚之陈。③鲁叟：原指孔子，此处为作者自指。

（七律）和赠诗社诸同志

二〇〇五年

全靠胼胝[1]养自家，十年风险伴槐花。
半生戎马风吹雾，一世清贫水洗差[2]。
墨泪无多存呓语[3]，素宣有意吐烟霞[4]。
唯将余日供奎步[5]，不教后昆笑冢沙。

【注释】①胼胝：手脚上长的老茧。②水洗差：言自身级别在改革中被无故去除，像被水冲洗一样已无痕迹。③呓语：说梦话。④烟霞：指画中的烟雾云霞。作者一生喜画山水，此处指山水画。⑤奎步：两髀之间的距离。此言一步一步走好眼前之路。

（七律）甲申仲春邻家翻盖旧屋因将老树伐去因成一首

二〇〇五年

人树相依十九秋，一朝伐去意惆惆。
此心似母常怜树，树影如儿自护楼。
劫后簪花①本非易，生涯逢主②更难求。
惜材但愿成焦尾③，铁板铜琶④示我喉。

【解题】一九八二年春，余新植宅基地泡桐七株。一九八五年夏盖屋时遭大风，七株泡桐俱倒伏，遂伐之。翌年于院内近门处出幼芽一株，干直如箭，枝叶挺拔数年竟成大树，计相偎依二十有年也。

【注释】①簪花：将花插于头上，本指古时妇女妆扮。此处指树开花。②逢主：遇到欣赏自己可以发挥才能的君主。③焦尾：东汉时，吴地有人以烧桐为炊者，适蔡邕过此，闻桐木在火中裂爆之声，知为良材，因请取而裁为琴，果有美音，然琴尾已焦，世称“焦尾琴”。④铁板铜琶：比喻诗词或歌声雄浑豪迈。

（七律）志李怀义故居

二〇〇五年

鄄北①春风始渡河，君家杨柳已婆娑。
十年冷暖同风雨，九曲泥途共励磨。
劫后有怀休叹老，人前无语但高歌。
几回又见垂纶叟，寂寂磻溪起碧波。

【解题】李怀义家在鄄城县李进士堂乡李庄，二〇〇三年作者曾前往探视，住三日。

【注释】①鄄北：李怀义家李庄紧邻黄河大堤，位于鄄城县最北部。

（七律·新韵）马鸿霖先生荐人来谈诗文事至晚而归

二〇〇五年

搜句[①]每牵一郁归，几多心意恋芳菲[②]。
生涯味尽犹留半，世事艰难俱转灰[③]。
梦续千端愧无主，发焦两鬓的为谁。
老耽诗咏真余沥[④]，岂必噤喉[⑤]医痼悲。

【解题】马鸿霖：善书法，一生从事教育事业。

【注释】①搜句：寻找佳句。②芳菲：指花木或花草的芬芳。③灰：灰心。④沥：液体一滴滴流下。⑤噤喉：卡在嗓子眼里的痰或硬物。此处指憋在胸中的不平。

（五律）大雪

二〇〇四年冬

日暮零星雨，夜深光返墙。
无闻北风吼，唯觉透身凉。
窗映珊瑚树，门镶白玉房。
冬心犹未尽，天地两茫茫。

第七卷

（古风）和王继德同志谈诗

二〇〇五年五月

百年无信史，千秋见文章。
李杜尚些微，我侪更渺茫。
诗以写块垒，画以记苍凉。
沽名且沽利，不可介此行。
屈原死忧国，杜甫劳民伤。
二公皆可法，用以比辉煌。
当今盛世极，勿用太慨慷。
些小若介胸，何以观大沧。
有怀沉炼句，一语也绝章。
有感走笔墨，一抹也流畅。
休言文无利，利我一世长。
洗心又洗面，涤肺且涤肠。
文源开心窍，慧思涌八方。
载德能齐寿，知足保安康。
泥爪虽些微，回首无愧惶。

（七律·新韵）仲春时节游西郊村

二〇〇五年

河山初暖展新客，风物原非往日同。
万木熙熙①争雨露，千村攘攘②闹春耕。
流年远去寻无影，壮志时来忽有踪。
自把身心标老干，载枝举蕊吐繁荣。

【注释】①熙熙：祥和欢乐的样子。②攘攘：拥挤繁忙的样子。

（七律·新韵）以嘲语示文社诸君

二〇〇五年

一作文人莫论功，英才几个务雕虫。
腹中饼味墙皮画，眼里风标狐兔惊。
爱恨谁曾书半纸，勋心悔未战终生。
窗前读罢淮阴传，为伍怀惭愤有声。

（七律·新韵）送陈远平同志转业回四川

二〇〇五年

动乱生涯忆送君，巴山鲁水两离分。
请缨曾是童颜将，别去俱为灰鬓人。
云落滩头非旧浦①，玉生山岙有灵根。
长途必欲徵良驷，白璧来招再入秦。

【解题】陈远平：四川省资阳县人，一九六〇年入伍，一九七九年与作者同年转业，他与作者共同生活在一个中队达 19 年，有深厚的感情。

【注释】①旧浦：以前离家时登船的地方。浦：水边、滩地。

（七绝·新韵）再题《三国演义》

二〇〇五年

一书付却后生谈，刘也不惇①曹不奸。
千古贤王盛名下，谁人非似老阿瞒②。

【注释】①惇：憨厚、诚实的样子。②阿瞒：曹操乳名为瞒，阿瞒指曹操。

（七律）昭庙三首

二〇〇五年

一

西山松老忆荒凉，解佩[1]空怀事可伤。
花坠酡红[2]乱衣色，叶添淡雅退残妆。
凄声觱篥翻城鼓，含泪胡笳动夕阳。
即晓此缘非梦魇，楼台烟雨两茫茫。

二

繁盛花开度绮年[3]，凄风冷雨是春天[4]。
浓情未尽悲零落，离恨长存忆可怜。
犹恐萍踪归聚首[5]，徒劳日影护流连。
怀才待到成荫后，月上西楼已半圆。

三

横笛声中驻夕阳，残春消尽意彷徨[6]。
山烟半暖织新梦，嫣脂才红上古妆。
玉兔[7]隔天传皓齿[8]，银簪[9]划地遗余香。
女墙[10]尚有齐肩处，花落花开两渺茫。

【解题】昭庙，在北京香山公园内。作者和前妻多次约会于香山公园。

【注释】①佩：本指缀在衣裳的饰物，此处以赠佩表示爱情。丧珮表示丧偶。②酡红：酒后面色红润。③绮年：美好的年华。④春天万物复苏，百花盛开，但凄风冷雨，乍暖还寒。自喻青春多舛、人生不易。⑤聚会的机会是暂短的，常常担心会像浮萍一样漂泊不定。⑥彷徨：徘徊不前，走来走去。⑦王兔：月亮。⑧皓齿：洁白的牙齿，用来形容女子美丽的面容。⑨银簪：旧时妇女头上的发饰。单股为簪，双股为钗。银簪划地出自民间传说牛郎织女的故事。⑩女墙：城墙上的城垛，城的短墙。

（七律·新韵）垂钓遇雨

二〇〇四年六月

李口河东芦苇滩，路幽水阔小桃源。
晨中茂柳蒸烟树，雾里朝阳白玉盘。
春雨铺排水墨画，重荷包堵过江船。
草台静候垂纶者，兴动周师八百年①。

【注释】①八百年：周朝（西周、东周）共历世八四四年，这里说八百年乃举其成数。

（七律·新韵）殿新表弟自东北免渡河返故里虽年近花甲也一喜矣

二〇〇四年十月

窗前飞雪伴清贫，案上灯花报好音。
自是长违如死寂，翻为短信念生存。
百年徒有风尘叹，万里归余灰鬓人。
今夜乡关浑梦境，犹提往事泪沾巾。

（七律·新韵）题与王家瑞同志合影

二〇〇四年

卌年①存照忆音容，戎马朱颜俱旧踪。
身似浮萍应官场，志如翮羽②佐飞鸿。
人生八九难如意③，执友二三足可凭。
一去京城多错迕④，参商⑤相动不相逢。

【注释】①卌年：四十年。此与王家瑞合影在二十世纪六十年代，已有四十余年。②翮羽：

鸟的翅膀。又称羽翮。③难如意：不如意事常八九，表示不称心如意的事不少。人生得一知己足矣："人生得一知己足矣，斯世当同怀视之。"语出鲁迅赠瞿秋白之辞。④错迕：相违，不顺利。⑤参商：参星和商星。参星，二十八宿之一，即白虎七宿之末宿，商星，即心宿星。二星东西相对。在天体上的位置约为一百八十度，当此星上升，地面彼星即下沉至地平线。故曰不相逢。出自杜甫《赠卫八士》："人生不相见，动如参和商。"

（七律·新韵）题故人书札封缄

二〇〇四年

此生风雨命长违，三径将芜唤我归。
看透故书灰万事，觉来新梦醒一杯。
牛头①终换春风面②，宿酒能消利剑眉。
但可残年饭一饱③，门前且忍旧歌吹。

【注释】①牛头：指阴司鬼卒为牛头马面。②春风面：美好面孔。杜甫《咏怀古迹》："画图省识春风面，环佩空归月夜魂。"③残年饭一饱：语出苏轼《儋耳》诗："残年饱饭东坡老，一壑能专万事灰。"

（七律）酬天津故友来信

二〇〇四年

雁书①一展泪双流，说向京津几处愁。
宦海②情归徒有梦，西山人去枉余楼。
是非已远何堪忆，恩怨犹存不可修。
最恨芳年③斗牛鬼④，错将谗阋⑤误春秋。

【注释】①雁书：书信。②宦海：官场。③芳年：青春，美好的年华。④斗牛鬼：斗争"牛鬼蛇神"之意。⑤谗：谗言。阋：争吵、争斗。

（七律·新韵）访北京植物园友人因忆旧居

二〇〇四年

索忆[1]京华旧梦残，归来有幸住青山。
菊花煮酒能留客，梅朵插瓶便过年[2]。
蔬粝[3]生崖伴军旅，炎凉世味助参禅。
平生不解紫朱[4]贵，洒扫庭台学种兰。

【注释】①索忆：搜寻记忆，回想、回忆。②此句是说山中过年十分纯朴简单，也表达山中生活高洁淡雅。③蔬粝：是蔬菜和粝米的简称。粝米：粗米。④紫朱：又叫朱紫，象征高官。唐代制度，官员三品以上穿紫服，五品以上穿朱服。

（七律）示后人

二〇〇四年

鬓边白发最先萌，六秩[1]光阴一梦中。
三载来时记挨饿，十年过后仍心惊。
道途多岔因亡羖[2]，学者失专[3]乃丧生。
有志后生须砥砺[4]，山河重整待精英。

【注释】①六秩：六十年。十年或十岁称为一秩。②亡羖：亡羊，语出《列子·说符》。③学者失专：学习的人没有擅长的。④砥砺：磨砺，磨炼。

（七律·新韵）冬夜酬司王二兄来访

二〇〇四年

窗前明月四时同，老去生涯味更浓。
但使开怀共樽酒，何须跼促[1]芥[2]吾胸。
家贫尚有书充柜，室陋常来座满朋。
论道琅嬛[3]壸奥[4]处，雪枝领首自搖钟。

【注释】①跼促：同拘促，羁绊，不自在，窘迫。②芥：梗塞。③琅嬛：传说中神仙藏书的洞府。④壸奥：内室深处。比喻精微深奥的境界。壸，古时宫中的巷，引申为后妃居住的地方。

（七律·新韵）甲申年尾答河南战友来电问询

二〇〇四年

甲子[1]回眸万念空，十年劫满尚心惊。
身当违志由人使，船到中流不我行。
可慰穷途未失道[2]，更欣暮岁逢天青。
不堪笔墨言身世，数写春音酬暖风。

【注释】①甲子：为干支之一，逢六十年轮回一次。此处指六十岁。②失道：没有坚持自己的信仰。道：指信仰和道义。

（古绝）题泰山五大夫松

二〇〇四年

老君[1]堂上炉一尊，炼就仙丹不死人。
论寿谁得三千岁，泰岱青松此五根。

【解题】“五大夫松”在泰山“五松亭”，为泰山一观光景点。

【注释】①老君：道家以老子为始祖，尊称其为“太上老君”。

（七律）奉和王锡亮先生

二〇〇五年

此生恨未种桑麻，浪迹[①]天涯何处家。
跪拜无才轻斗米，美龟有志挂乌纱[②]。
劫年便耻两边草[③]，老去犹崇五色瓜[④]。
自古诗书清白事，柴门磊落不须遮。

【注释】①浪迹：到处漫游，居无定所。②挂乌纱：挂冠。③两边草：指见风使舵，两面三刀之人。④五色瓜：语出《艺文英聚》（卷八十七）：“邵平故秦东陵侯，秦灭后，为布衣，种瓜长安城东。种瓜有五色，甚美，故世谓之东陵瓜。”

（七律·新韵）题影集后

二〇〇五年

流年逝去叹匆匆，只恨身无系日绳[①]。
绿蚁[②]初酯羞壮志，华颠欲满事躬耕。
穷途好被青牛解，大道还如蝶梦空。
龙虎风云[③]俱堪笑，一杯我欲醉柴蓬[④]。

【注释】①系日绳：语出晋代付玄《九曲歌》诗：“岁景莫近群光艳，安得长绳系白日。”②绿蚁：酒上的浮沫，借指酒。③龙虎风云：比喻君臣遇合、英雄豪杰际遇得时。④柴蓬：柴门蓬篱之意。

（七律）闻梁山故友毕爱德乔迁新居有赠

二〇〇五年

知兄对水筑楼台，敢问梁山水美哉？
西出玉轮[1]观斗[2]动，东临沧海唤潮回。
亨通有志达江浒，穷善无由放酒杯。
醉眼蒙眬频看剑，雄心应许带诗来。

【注释】①玉轮：喻月亮，多指满月。②观斗：看星斗移动。

（七律）访南李庄友人

二〇〇五年

腹有诗书气不同，村临瑞雪画犹工。
三餐粝米终年饭，一裹寒衾半夜风。
洞火如炉[1]批国事，借箸[2]似昨对隆中。
我来非做茅庐顾，携酒高阳共醉翁[3]。

【解题】南李庄：又叫南富李庄。在郓城正南五千米处。作者同学王凤翔住此。

【注释】①洞火如炉：即洞如观火，形容观察事物非常清楚，好像看火一样。②借箸：语出《汉书·张良传》："良谒汉王，汉王方食，曰：'客有为我计挠楚权者。'良曰：'请借前箸以筹之。'注引张宴曰："求借所食之箸用指画也。"。③语出《史记·郦生列传》："沛公引兵过陈留，郦生踵军门上谒曰：'高阳贱民郦食其，窃闻沛公暴露将兵助楚讨不义，敬劳从者，愿得望见，口画天下便事。'使者入通，沛公方洗，问使者曰：'何如人也？'使者对曰：'状貌类大儒，衣儒衣，冠则注。'沛公曰：'为我谢之，言我方以天下为事，未暇见儒人也。'使者出谢郦生，郦生瞋目按剑叱使者曰：'走！'复入言沛公，吾高阳酒徒，非儒人也！"

（七律·新韵）即景有思又呈王锡亮先生

二〇〇五年

身后荣华梦幻空，生前万事酒杯中①。
饱书老蠹多干死②，烂肆鲍僵逢水生③。
直道长存诤臣④怨，弃民不舍蚁蝼忠。
并随说唱埋蒿草，过眼辉光是腐萤⑤。

【注释】①生前万事酒杯中：语出《世说新语·任诞》："张季英纵乐不羁，时人号为'江东兵步'。或谓之曰：'卿乃可适纵一时，独不为身后名耶？'答曰：'使我有身后名，不如即席一杯酒。'"②老蠹：犹言老儒。蠹，书鱼也。一种专食书纸和衣物的蠹虫，又作蟫虫，或曰衣鱼。干死：喻读书人穷困致死。③肆：店铺。僵：干的鲍鱼。逢水生：腐臭的鲍干依水而生，喻僵死腐败的东西碰到时机死灰复燃。④诤臣：忠臣，敢于直言争谏的人。⑤腐萤：萤火虫。《礼记》："季夏之月，腐草为萤。"此言各种污风败俗的泛起不过是僵鲍复生，如过眼辉光也只是流萤一划而已。

（七律·新韵）己酉春节得吕英范同志电话问讯

二〇〇五年

昨日貌容今日言，故人音信望尘①间。
唯艰岁月常来梦，锦绣年华去不还。
如弟才情翅添虎②，似兄个性浪行船。
秃笔一杆常为伴，快吐愁成一两篇。

【解题】吕英范：河北省石家庄人，一九七〇年从学校入伍，为作者军中好友。
【注释】①望尘：表示遥远。②翅添虎：如虎添翼。

（七律·新韵）聚会宴上酬同学诸君

二〇〇五年

草芥①蜉蝣②本细尘，空劳劫网炼凡身。
一生不羡火中栗③，两手惯淘沙里金。
自信清贫非恶丑，从来富贵似浮云④。
劝君有酒当欢醉，百岁流年共几樽。

【注释】①草芥：渺小，细微之物。②蜉蝣：一种生命极短，朝生暮死的昆虫，此处喻人生。③火中栗：即火中取栗，比喻做冒险的事，典出十七世纪法国作家拉·封丹的寓言诗《猴子和猫》。④浮云：语出《论语·述而》："子曰：不义而富且贵，于我如浮云。"

（七律）读史随笔

二〇〇五年

孔孟颜曾古圣人，才高未必用其身。
悔非兕虎居荒野，更绝盐粮厄蔡陈。
致道浮槎①心似铁，遗宗两柱骨如尘。
只今衣钵归隆冢，西狩谁还泣获麟。

【注释】①浮槎：语出《论语·公冶长》："子曰'道不行乘桴浮于海。从我者，其由与？'子路闻之喜。"

（七律）题《道德经白话全译》尾页

二〇〇五年

柴米油盐俱养人，独缘道德害吾身。
未谋迁转[1]早失业，恪守[2]清廉长受贫。
化蝶庄周宽梦语，骑牛老子劝沉沦。
穷途寤醒足堪慰，幸得全骸[3]作逐臣。

【注释】①迁转：迁职、转行。②恪守：严格遵守。③全骸：全身，即全身而退。

（七律）奉王兴仁母荣太夫人万安归后有作

二〇〇五年

奉母期颐[1]短半年，策[2]儿折桂[3]步云天。
知交一二人生足，老幼安康福寿联。
名利堪休共无取，渔樵可羡寄林泉[4]。
闻君别业[5]新修葺，欲驾轻车访隐贤。

【解题】王兴仁：郓城县大路潭乡王胡同人，与作者同岁，是作者的好友。王母荣太夫人寿终归葬于王胡同王氏祖林，作者随往送葬。王兴仁二女一子，皆登高等学府，奉养老母至期颐之寿故曰福寿两全，此为赞誉之作。

【注释】①期颐：《礼记·曲礼上》“百年曰期，颐。”②策：马鞭。引申为鞭策，促进。③折桂：登科。④林泉：山林泉水，指隐居。⑤别业：别墅，另外的住处。

（七律·新韵）得吕英范同志书

二〇〇五年

来往京华似梦存，故交遥想貌容真。
曾为报效遭踒[①]腕，愧对升平做贬臣。
九载繁华说魇幻[②]，千蹄坎坷忆知音。
年年重九登高处，浓酿菊花待酒樽。

【注释】①踒：手、脚等猛折而筋骨受伤。②魇幻：梦幻，梦中的景象。魇，噩梦。

（七律）话旧答同学诸人探望

二〇〇六年

圣贤岐路哭亡羊，敢被英雄笑大方。
既选巉途莫回首，岂因坎坷便彷徨。
拔毛不信利天下，衣锦难期返故乡[①]。
耻与子孙谈过去，暮年反贵老狂张。

【注释】①这两句是说既不信拔一毛利天下之事，也不信追随权势能衣锦还乡。

（七律·新韵）一饭

二〇〇六年

淡饭粗茶大不恭，差强只可待诗翁。
三餐犹费索珠米，五味何常俱倒瓶。
辛苦童年已成伴，甘甜至老未相逢。
安闲尚愧东方朔，自把清贫一笑中。

（七律）调侃赠南山先生

二〇〇六年

读书休挂百忧肠，识字聊堪记大方①。
扪虱高谈惊四座②，袒襟无语卧东厢③。
文章半是穷途恨，富贵终成草上霜④。
悟道人生须看透，一壶浊酒最相当。

【解题】调侃：开玩笑，戏赠。

【注释】①大方：此处指大事。②语出《晋书·王猛传》："北海王猛，少好学，倜傥有大志，不屑细务，人皆轻之。猛悠然自得，隐居华阴。闻桓温入关，披褐诣之，扪虱而谈当世之务，旁若无人。"③语出《晋书》："王羲之幼有风操，郗虞卿闻王氏诸子皆俊冷，使选婿。诸子皆饰容以待客，羲之独坦腹东床啮胡饼，神色自苦，使具以告。虞卿曰：'此真吾子婿也，问为谁，果是逸少，乃妻之'"。④草上霜：喻难以长久之物。

（七律·新韵）过李集北张楼村见村老秋田牧羊甚为闲哉因有所记

二〇〇六年

平生最羡陋村翁，淡饭粗茶度短生。
识字聊堪记租米，筑屋只为避寒风。
功名至大倒头①散，财富抵国②转眼空。
谁似尔侪③最潇洒，一声俚唱④过江东。

【解题】李集乡在郓城正北二十五千米处，北张楼村在李集东北四点五千米。闲哉：悠闲自在的样子。

【注释】①倒头：郓城方言，指死去。②抵国：指财富可以和国家相匹敌。③尔侪：尔辈，你们。④俚唱：俚曲、乡野小曲。

（七律）春夕忆事

二〇〇六年

辕门未食嗟来餐，心底原知有圣贤。
坦荡胸怀终不党[①]，诗人气度总翩翩[②]。
难留逝水三千恨，空欠浮萍十万缘。
又是花开月圆夜，春风裁剪画婵娟[③]。

【注释】①不党：正人君子不结党营私。《论语》子曰：“君子矜而不争，群而不党。”②翩翩：形容风度，文采之优美。③婵娟：此处指美好。

（七律）为《诗苑》一书题

二〇〇六年

不堪心绪转狂张[①]，老去生涯易感伤。
衰病尤专期子女，贫寒唯更惜糟糠[②]。
漂零渐觉京城远，忆梦初惊永夜长。
十载为诗还自笑，世人谁肯解文章。

【解题】《诗苑》一书由马景肃、王继德及作者三人集资出版，内容以普及诗词创作知识为主。于二〇〇五年底出版。

【注释】①狂张：张狂。②糟糠：指贫寒夫妻。

（七律·新韵）读《苏文忠公全集》

二〇〇六年

神思未许费推敲，灵鹫[①]飞来不用雕。
坎壈[②]三千生幻化[③]，冰心一片领风骚。
樊笼[④]岂可关鸿鸟，盆罐安能养巨蛟[⑤]。
紫绶[⑥]诸君休哂[⑦]笑，割鸡才便试牛刀。

【解题】《苏东坡全集》，又称《苏文忠公全集》。

【注释】①灵鹫："灵鹫峰"又名"飞来峰"，在浙江省杭州市灵隐山东南。②坎壈：困顿，不得志。③幻化：从幻想中衍化，从虚文中生化。④樊笼：关闭鸟兽之具，喻处境狭窄不得自由。⑤此二句说苏轼乃蛟龙高鸿之才，非樊笼盆罐所可以畜养也。⑥紫绶：紫色的绶带，为高官巨僚之服色，此喻王侯高官。⑦哂：笑。有讥笑之意。

（七律·新韵）寄历下五兄长

二〇〇六年

少小生涯在眼眉，甲申弹指又轮回。
竹枪木剑双司令[①]，冷暖人间一钟馗[②]。
同为性格遭斥遣，曾经命运两相违。
壮心尚有几多醉，一样秋风送雁归。

【解题】五兄长：指李培岐，行五，作者兄弟。童年形影不离，一生与作者过从甚密。

【注释】①竹枪木剑：以竹为枪，以木为剑，皆童年时玩具，又是统率一班孩童的"司令"。此皆回忆美好童年之语，嚼之有辛酸之味。②喻二人皆不容鬼魅，一生磊落，不同流合污如同钟馗者。

（七律）蜃楼

二〇〇六年

楼台殿宇列森森，万象飘摇竟似真。
变幻虚无蜃吐气[①]，巧施目的鬼勾人。
归帆误导沉沧海，烈士追求粉玉身。
知否丛瑚有蛟女，为人拭泪织绡巾。

【注释】①蜃：蛟之属也。

（七律·新韵）新获河北四战友消息

二〇〇六年

委琐[①]东门访种瓜，曾经禁地[②]是生涯。
心高枉献三都赋，才浅虚随八月槎[③]。
漫道忧葵思鲁女[④]，谁堪报主效锥侠[⑤]。
即今僚属皆新贵，看引藤萝万树花。

【解题】作者河北省籍战友甚多，此处四战友指刘新泽、吕英范、李敬秀、冯锡文。

【注释】①委琐：困顿。②禁地：禁止闲人出入的地方，此处指军中要地、保密单位。③八月槎：语出晋代张华《博物志》。④鲁女：语出汉代刘向《列女传》："漆室女"。⑤锥侠：语出《史记·留侯世家》："良尝学礼淮阳，东见沧海君，得力士，为铁椎重百二十斤。秦始皇东游，与客狙，击秦始皇帝博浪沙中，误中副车，秦皇帝大怒，大索天下求贼甚急，为张良故也。"

（七律）遇董一祥同志话旧

二〇〇六年

廿载军功转一民，壮怀老去正逢春。
长途顿悟惊昏眼，短利新求锁病身。
世上从无医悔药，书中但有士穷陈。
可怜马老忆千里，伏枥犹思血溅轮。

（七律·新韵）薄命先生像

二〇〇六年

薄命先生[1]常困顿[2]，一提垂钓更来神。
宏谈阔论扪虱者，科顶跣足划箸人[3]。
感悟诗词三万语，安排蜂客[4]六千屯。
只需雪落便无事，闭户著书黄叶村。

【注释】①薄命先生：指自己。②困顿：坎坷，不顺利。③科顶：露顶不戴帽子。跣足：光着脚不穿袜子，言不拘穿戴。④安排蜂客：作者自二十世纪八十年代初，负责安排外地客蜂到郓城放蜂采蜜，三十余年未曾间断。蜂客又叫客蜂，指外地来郓城放蜂的人。

（七律·新韵）春夕感怀

二〇〇六年

欲伴雷霆赋景奇，郊原霖细未成泥。
穿庭有燕喧新语，忆梦无缘访旧居。
花影入帘先似画，春芳出蕾半如诗。
前途约共韶光[1]往，万里东风送马蹄。

【解题】题为《春夕感怀》，实乃写时事之作。雷霆振响，但霖细尚难成泥，分明写雷声大雨滴小之蔽也。新燕入来，旧梦难访，则哀身世，诗尾一扬应谓前途已经明朗，万马奔腾指日可待。

【注释】①韶光：美好的时光，通常用来指春光。

（七律）访邵集村故友

二〇〇六年

山川未改旧时容，草舍蓬篱有古风。
沽酒前村都碌[1]味，挨油门外荡铃声[2]。
江湖萍水终一梦，皓首[3]谈经余两翁。
苦辣酸甜且休叹，却凭灯火话生平。

【解题】邵集村在郓城县城正南十五千米。归郭屯乡管辖，作者好友邵西索居此村。

【注释】①都碌：一种肚大，口颈细长的瓷器。类似罂。古人盛酒的器具。②荡铃声：乡村换油郎以铁铸的铃铛挂于车下，至一村，牵动铃锤，击打铃铛，发出固定的声响，招呼村人用棉籽、黄豆换油，是一种较古老的贸易方式。③皓首：白头。

（七律·新韵）丙戌暮春酬司王二兄来访

二〇〇六年

一世追求如泡影，岂因可笑弃愚忠[1]。
养家糊口谋人事，走马辕门费岁功[2]。
不信蜃楼能住海[3]，终疑馅饼降天空。
幸余鲁钝[4]多留步[5]，平淡[6]得福学塞翁。

【注释】①愚忠：一味的忠诚，忠诚的近乎愚昧。②岁功：谓一岁之时序也。③住海：在海上居住。④鲁钝：迟钝，钝拙。《论语·先进》：“柴也愚，参也钝。”⑤留步：此处指急流止步之义。⑥平淡：平庸淡泊。

（古风）闻赵澍同志讣讯

二〇〇六年

论交同生死，疾俗忆屠狗[①]。
刎颈战邪恶，患难结朋友。
十年期一醉，一醉连十斗。
蹉跎京津别，参商两分手。
酬唱隔千山，问志似所有。
常思终一聚，焉知空翘首。
又作烧诗祭，击筑且击缶[②]。
声裂空呼啸，高歌酬我友。

【注释】①屠狗：语出《史记刺客列传》：“荆轲既至燕，爱燕之狗屠及善筑者高渐离，荆轲嗜酒，日与狗屠及高渐离饮于燕市。”指有才能而隐匿与市井下层的人。②击缶：敲击瓦缶。古人或以缶为乐器，用以打拍子。《诗·陈风·宛丘》：“坎其击缶，宛丘之道。”缶，瓦盆。

（七律·新韵）和王继德同志长城怀古二首

二〇〇六年

一

亡秦未必是胡番，治理从来御内难。
忍令政苛如猛虎，定如社稷在期年[①]。
群雄不用读书将[②]，汉祖无为博带宽。
惭愧长城空万里，坐窥氓隶过雄关[③]。

二

长城万里锁河山，一梦秦中附笑谈。
未必销金[④]能固垒，怎期书焚保平安。
刘项不怕连甲坐[⑤]，胜广死国滛雨天[⑥]。
向使三王减苛政，尊彝[⑦]哪有汉旗翻。

【注释】①期年：一周年。此喻时间很短暂。②群雄：指参与秦末农民起义的英雄们。不用读书将：不用读书人做将军。参见章竭《焚书坑》诗："坑灰未冷山东乱，刘项原来不读书。"③秦始皇迫使人民修筑万里长城，意在拱卫江山社稷，但万里长城也无力阻挡农民起义的汹涌巨浪，只能惭愧地看着氓隶越过道道雄关。氓隶：等同于奴隶的农民。④销金：将金器销毁。⑤刘项：刘邦和项羽。连甲坐：又称"连坐"秦朝苛法。⑥胜广：陈胜和吴广，为秦末农民大起义的首倡者。死国：为国事而死，指起义。⑦尊彝：古人用于祭祀宗庙的酒器，此指祭祀。

（七律）春日释怀

二〇〇七年

自笑愁颜鬓有丝①，无才不怨命栖迟②。
一忠换得身耕稼，十策都成种树诗③。
家国方知非我属④，死生始悟乃前期。
只须春景多珍重，细看儿童吹柳枝⑤。

【注释】①鬓有丝：鬓边添有华发，②栖迟：迟缓欲进不进，指不得意。语出刘长卿《长沙过贾谊宅》："三年谪居此栖迟。"③种树诗：语出辛弃疾《鹧鸪天·有客慨然谈功名因追念少年时事戏书》："却将万字平戎策，换得东家种树书。"即，言良策不用，只好在家种树写诗。④非我属：不是我等应该关心的事。属音主，关心，关注。此言家国大事用不着我们关心，即使关心也无甚用。⑤吹柳枝：鲁地风俗，清明日折取柳枝，去骨取皮，做笛而吹，儿童争相为之。

（七律·新韵）因书壮年事备寄京城张中队长

二〇〇七年

令尹得书已闭门，壮怀空负裹尸①心。
长歌有泪哭歧路，短臂无由叩九阍②。
白发原知不堪酒，红心尚许冠三军。
秋风何事巡边外，为报剽姚③是故人。

【注释】①裹尸：马革裹尸，比喻战死沙场。②九阍：九重之门，言重门之深。③剽姚：汉代武官，著名将领霍去病曾为"剽姚校尉"，后以剽姚代指军中大将。

（七律·新韵）与友人谈诗至晚而归

二〇〇七年

古道蹒跚[1]吝我曹，十年风雨满知交。
诗心未许为人喜，画癖积时或自消。
已认清贫文憎命，反疑富贵祸来招。
郓州[2]亘古[3]出名酒，是岁家家饷粹醪[4]。

【注释】①蹒跚：犹豫不前。②郓州：郓城古时又叫郓州。③亘古：自古，贯穿古今。④粹醪：浓烈的酒，醇酒。

（七律·新韵）春雨

二〇〇七年

春雨犹怜草舍人，房前房后万枝新。
蜂蝶不请自经垄，紫燕重来频顾门。
满地青黄润诗眼，一番鸟语胜知音。
我家贯住云天客，逢荜[1]虽寒岂谓贫。

【注释】①逢荜：用荆条，竹子编成的门。

（七律）奉韵和李世瑜二首

二〇〇七年

一

生涯味尽话衷肠，惭愧流年碌碌忙。
戎马空留思万绪，雁书自启泪千行。
前生已恨相逢晚，后任应期来日长。
远话无多能会意，一杯老酒祝安康。

二

天涯聚首岂非缘，诗海情结一线牵。
安敢文章比唐宋，常将坎坷忆先贤。
功夫本在词翰外①，人品应修诸品前②。
记取同侪多命蹇，定知结果③在期年。

【解题】李世瑜，河南省台前县人，中华诗词学会会员，与作者多有酬唱。

【注释】①这一句是说诗家之功力原在词翰之外，在于悟透人情世故，在于读透无字书，在于对生活源泉的参悟。词翰，这一句是说词章。②此句是说可读可玩但诗人必须有品德，人品之修应在诗品之前。③结果：此处指在诗歌创作上结出丰硕成果。

（七绝·新韵）村头小景二首

二〇〇七年

一

春风绿水沃田园，闲看村头紫燕翻。
多少童年梦中事，都成美景到眉前。

二

闲来就水试渔竿，老丈池边洗瓮坛。
谓我皇粮[①]都免尽，酿足美酒庆丰年。

【注释】①皇粮：老百姓称上缴给国家的公粮为“皇粮”。二〇〇五年十二月二十九日，十届全国人大常委会第十九次会议通过了《废止农业税条例的决定草案》，延续数千年的农业税终于走进了历史博物馆。二〇〇五年以胡锦涛为首的党中央出台政策，免去几千年以来上交给国家的公粮和农业税，极大地激发了农民务农的积极性，对巩固土地联产承包责任制，保护耕地，稳定物价，促进农业增产起到了推动作用。此诗歌颂了胡锦涛时期出台的免交公粮的政策，代表了广大农民的心声，对于利民政策的拥护洋溢于笔端。

（七律·新韵）六十四岁记述

二〇〇七年

命近七十反做轻，世人眼里半秃翁。
雄心犹在独凭酒，旧志常来不仗筇[①]。
敢写华年供人笑，未将脊柱向官躬。
只堪与岁度清苦，故纸堆中尽我生。

【注释】①筇：竹枝。

（七律·新韵）秋江垂钓二首

二〇〇七年

一

闻道南河碧浪宽，蓑翁何故效先贤。
是非不到钓鱼地，荣辱难惊芦草天。
悟透人生且行乐，看穿名利倍惜年。
乌沙朱顶鞠躬笑，怎比闲来慢举竿。

二

伐尽箭竹充钓竿，见说鞍马放南山。
彭殇修短归一梦，桀纣虽昏论两贤。
珍重白驹隙过马，忽惊华发满颞颠。
英雄浩气终无用，老死何如渭水边。

羊山怀古

二〇〇七年六月

静里羊山亦可观，白云淡淡衬蓝天。
当时寸土争夺地，眼下四方庆丰年。
国事祥和赖明主，人民福祉靠今贤。
驻足烈士捐躯处，饮水安能忘本源。

【解题】羊山在巨野县内，为刘邓大军渡河后第一次硬仗，双方均死伤惨重，可谓尸横遍野。此为渡河六十周年，一挽唱之。

将军渡

二〇〇七年六月

将军渡口战旗翻，十万雄兵起渡船。
一鼓旌头收巨郓，二番浴血下羊山。
英雄舍命开疆土，烈士灵知盼户安。
便就清明远相祭，万方击垠颂尧天。

将军渡咏柳

渡口侧畔君植柳，摇曳婆娑六十秋。
歌吟遏得千重浪，潮涌急荡万载舟。
枝繁叶茂顺民意，错节盘根护田畴。
豪情壮志冲霄汉，誓为民众鼓与呼。

（七律·新韵）答邯郸友人来电询问近况

二〇〇八年

秋霖①沥沥苦兼旬，梦里寻欢无故人。
穷久但觉钱莫用，岁增转与榻相亲。
黑瓶短颈堪沽酒，白首常搔不胜簪。
人事何须频著录，百年追赶似浮云②。

【注释】①秋霖：秋雨。霖：久下不停的雨谓之霖。②浮云：高不可及或喻与己无关之事。

第八卷

（五律·新韵）和前韵暮雪有作

二〇〇八年

积霙[①]向暮深，炉酒过三巡。
正气[②]贫寒者，诗书[③]悟道人。
好同[④]得聚首，老共倍惜存。
萃取真滋味，春来化几吟。

【注释】①积霙：积雪。霙：特指雪花。②正气：忧国忧民、廉洁奉公、忠孝节义、两袖清风皆为正气。凡事君事国、立身做人守道义而不邪行、利国家民众而不徇私，也为正气。③诗书：诗以言志，唯悟道之作方有真味。故云诗书悟道人。④好同：爱好相同。

（古风）六十四岁记事

二〇〇八年

花甲过我去，古稀拃可临[①]。
教子藏远虑，侍亲报春温。
娘老矢遍户，儿大客三分[②]。
量入买蔬米，惜饭食残飧[③]。
搜句耻谈富，娶媳畏言贫[④]。
栖迟[⑤]一杯酒，怜老三重心。
咨嗟[⑥]频搔首，发尽不劳簪。

【注释】①古稀：七十岁为古稀之年。拃：将手掌张开，大拇指指尖到小拇指指尖的距离为一拃。此言离七十岁的年龄已经很近了。②作者之母寿高九十八岁，晚年糊涂，常在室内大小便，“娘老矢遍户”：侍候老人要有耐心不能嫌脏怕累。“儿大客三分”：郓城方言，是说儿子大了非比小时，有了自尊心，不可当众羞辱，父母要像对待客人一样对待自己的儿子。③出于吝惜，不忍心将剩饭倒掉，自己常常将剩饭吃掉。④作诗构思搜索好句子，因为自己文采浅疏所以耻以谈“富”，言好句不多辞藻穷尽。娶媳：为儿子娶媳时又怕人家说贫。⑤栖迟：寂寞坎坷止息。刘长卿《长沙过贾谊宅》：“三年谪居此栖迟”。⑥咨嗟：感叹。

（古风）悼司呈之同志

二〇〇八年

光阴如流水，历史即鉴铜。
善恶与美丑，日久自分明。
敢写三年苦，能吟动地风。
置身遗像前，含泪三鞠躬。

（七律·新韵）和前韵谢南山兄送茶

二〇〇八年

我辈人寰一芥尘①，暮年幸作太平身。
无疾安咀②三餐饭，有酒来酬四季吟。
闲看高天斗龙虎，卧听百鸟展纶音③。
知足原是大学问，好把生涯仔细论。

【解题】南山兄指作者友人王继德，其网名南山。

【注释】①芥尘：尘粒。芥，微草。②安咀：安闲地咀嚼，含有细细品味的意思。咀：咀嚼。③纶音：琴弦发出的声音。纶：一种较粗的丝线。

（七律·新韵）重题旧作《松堂下阴图》

二〇〇八年

案头写罢忆松堂，廿载军身转一氓①。
旧梦空余生死恨，新家渐悟菜根香。
苦存万斛煎诗语，饼画千张挂漏墙。
老去愿当泥瓦匠，搬砖垒圈补亡羊。

【解题】《松堂下阴图》为作者所作画图。

【注释】①一氓：一民。氓：民。

（七律·新韵）记元丰旅社新业

二〇〇八年

一爿小店远嚣尘，绿树婆娑气象新。
摈弃豪华求简朴，不招阔佬住穷人。
四方客旅当书看，五味残茶伴苦吟。
漫道鸿儒应门晚，一居好取孟家邻。

【解题】二〇〇八年，作者将东院改为家庭旅社，共有住房十间，取名元丰旅社。

（七律·新韵）戊子腊月逢雪有作

二〇〇八年

纷纷暮雪扣柴门，老树银装亦有神。
忆旧频哀离乱友，看今幸做太平人。
食飧每感国恩在，历事常觉命运存。
一任忠直临坎坷，朝来闲赋玉乾坤。

（七律·新韵）有客自京城来为言高楼栉比因忆旧居

二〇〇八年

梦中烟树[1]已生尘，忽悟京城乃寄身[2]。
船过惊涛枉回首，事当生死潜悲辛[3]。
故交寥落晨星散[4]，鸿爪[5]依稀泾渭[6]存。
欲向玄都[7]寻旧地，刘郎已是白头人[8]。

【解题】京西松堂，京城黄寺为作者供职军旅寓居之处。作者曾居京十九年，历事辛酸。

故多忆旧之作此其一也。

【注释】①烟树：烟笼雾罩的树林。②寄身：暂时寓居称寄身。③悲辛：悲哀心酸之事。④晨星散：指黎明前的星星，渐渐隐去由繁星变为稀疏。⑤鸿爪：喻人生轨迹像鸿爪踏雪泥之印痕也。⑥泾渭：即泾水和渭水。两条河流在今陕西临潼县境内汇合，渭清泾浊，截然分明。此喻事理相悖，黑白炯然。⑦玄都：玄都观。唐朝近长安的一处道观。⑧刘郎已是白头人：语出唐朝诗人刘禹锡“种桃道士归何处，前度刘郎今又来。”表示自己和刘禹锡有共同遭遇，不过自己已经年老了。

（古风）旧宅生活琐记

一九九六年

方庭一碧树①，五口三代人。
蔬米菜根香，糟糠夫妻恩。
家贫万贯意②，老屋百年心。
夜静思悠远，鸡犬报乡音。

【注释】①作者所居宅呈方形，院中一棵梧桐树挺拔耸立。②鲁地俗语穷家值万贯。此取俚语入诗。

（七律·新韵）送李敬业先生赴邯郸

二〇〇八年

遍地残英落冷尘，此时杯酒又别君。
行将燕赵三千里，不爽平原①一万樽。
锥处囊中空自负，人居檐下忍囫囵。
看今盛世书生满，几度春风起浩鹍。

【解题】李敬业为作者亲戚、晚辈。

【注释】①平原：平原君赵胜，他是战国四公子之一。足智多谋、知人善任，蓄养文武精英于门下。这里是说像李敬业这样能干的人一定会得到平原君的重用。

（七律·新韵）步南山长城韵奉和一首

二〇〇八年

几番书焚历劫灰，荒冢空余无限悲。
箫咽人吹孟姜女，心空忽起旱天雷①。
六国事向城头灭，一士魂从易水归。
天下雄关又多少，即今闲看乱云飞。

【注释】①旱天雷：民族器乐曲，流行于二十世纪五六十年代。

戊子岁暮逢雪有作

二〇〇八年冬

茅舍夜炉暖，柴门暮雪深。
天涯离乱客，灯下太平人。
比死余千幸，安贫谢万恩。
未嫌文憎命，聊也慰吾心。

（七律·新韵）乙丑旦日记怀

二〇〇九年

七十数指欠三年，方悟前贤纵酒钱①。
每论功名耻昔梦②，共惊坎坷话艰难。
同窗故友三成鬼③，异地风霜两送寒。
雪打红灯今又看，一春忍自上华颠④。

【解题】作者生于甲申年，至乙丑年为六十六岁，此处以虚岁言之。

【注释】①前贤：前人，指白居易。白居易有《与梦德沽酒闲饮且约后期》一诗，中有“少时尤不忧生计，老后谁能惜酒钱”句。纵：肆意不吝啬。②耻昔梦：以昔日所追逐之事为耻。③三成鬼：三人已做鬼。指刁怀卿、王敏勤、边广涛。此三人皆去世，是作者昔年同班同学。④华颠：白发黑发相间的头顶。颠，头顶。

（七律·新韵）乙丑上元日作

二〇〇九年

冷酒一杯辞暮钟，良宵且喜看花灯。
愁来未阻佳节过，身退偏逢百病生。
心在旧怀平虏志，时移新有抱孙功。
一冬断雪频期雨，却欲蓑衣学钓翁。

（七律·新韵）春夜闻雨

二〇〇九年

三月春机满眼生，粉桃碧柳紫梧桐。
向阳高树巢归鸟，临水深枝啭唱莺。
夜半人惊带风雨，阶前花喜透窗明。
去来曾与谁商议，短纸长心写坠红。

（七律·新韵）又自嘲

二〇一〇年

天寒落雪向三更，薄被穷儒梦未通。
有命暗行风过树，无才能挽雨飘萍。
志来耿耿成空想，人老咄咄只划空。
聊到穷途友善饭，百无一用是书生。

（七律·新韵）温局长继鹏因善联语获奖千金作东请客乃为贺诗一首

二〇〇九年

平生垒块满襟胸，出手摘得金榜名。
联趣因人化珠语，诗格逢酒变唐风。
一尘不染荷花韵，三日绕梁环佩声。
何故茶余竟喝彩，隔席遗老尽高朋。

【解题】温继鹏，山东省郓城县温庄人，曾任郓城水利局局长，善诗书画，尤善联对，为作者好友。

（古风）长江颂

二〇〇九年

中华之有黄河长江是天馈之二龙也，炎黄子孙赖此二水滋生。逮及今世，国力强盛。黄河长江愈益造福人民。二〇〇六年，三峡工程启动，数年而成。所谓高峡平湖之梦，终现眼前，乃为赋之。

江出青海，东南流向。穿峡越山，匍匐跌宕。
龙腾虎跳，势不可当。历经八省，吸纳百行。
行程万里，乃归大洋。名不虚也，此为长江。
巫山云雨①，指点苍茫。三峡猿鸣，哀断人肠。
骚人词客②，临江啸唱。人王地主，划水封疆③。
王睿楼船，金陵帝王④。玉树歌消⑤，秦淮梦长。
赤壁曹瞒，妙计周郎。一时豪杰，俱皆消亡。
英雄辈出，与时俱长。人民国家，天地胸膛。
截江断流，锁坝分航。蓄水发电，润物泽芗。
惠留后世，日月辉煌。噫嘻呜呼，有此一唱。
我奉我心，以荐长江。

【注释】①巫山云雨：此处乃指巫山巫峡雄险奇伟。②历代文人墨客对长江极尽讴歌。③以长江为天堑割据江南者历代不绝。如三国时，孙权在武昌正式称王；公元三百一十七年司马睿建东晋，都建康；南北朝时期的宋、齐、梁、陈皆都建康。五代十国时期，长江以南先后存在十个割据政权，史称“十国”，至南宋偏安江南，也以长江为据。④语出《晋书·王睿传》：“睿字士治，弘农湖人也。为益州刺史，晋武帝谋伐吴，召睿修舟舰，睿乃作大船连舫，方百二十步，受两千余人。以木为棹，起楼橹，开四出门。其上皆得骑马往来，舟楫之盛自古未有。太康元年正月发自成都伐吴。”⑤《玉树后庭花》是陈后主自己创作的宫廷舞曲，陈叔宝荒淫无度，横征暴敛，为隋炀帝杨广所灭。《玉树后庭花》也成了著名的亡国之音。

（古风）拭王家瑞同志遗像

二〇〇九年

影集中有军中友人王家瑞遗像一帧，纤毫毕显，光彩照人。然其已逝去十秋也。思昔年在西山，虽年长位高，每览予以为知己，之间无话不谈，不禁凄然。乃为重拭装帧，遂作是文。

此来含泪三鞠躬[1]，挚友相对两无声。
但觉清眸[2]傲万物，眉间峻冷扫秋风。
阅世常称一知己，去来好比两苍鹰。
直说炎凉真看透，不料西行竟匆匆。
万里征程徒想忆，半世交情留影中。
从来持才得惨死，谁人如君能善终。
尚有文章留后世，笑骂由人万古雄。

【解题】王家瑞病故于一九九〇年。其逝世后作者曾亲往北京吊唁，王夫人曾赠遗像一祯以作纪念。十年后作者复睹其相，回想昔日，乃作是诗。

【注释】①此来含泪三鞠躬：王家瑞殁后，作者专程赴京吊唁在遗像前三鞠躬。②清眸：明亮的眼睛。

（七律·新韵）酬李世瑜设宴见邀

二〇〇九年

残阳一道划酡红[①]，此地春来满目青。
对景谈诗悟人意，闻雷发聩[②]震我聋。
传经应比躬行者[③]，闻道渐如晚度僧[④]。
只有驟颠苦相似，北平世谕两秃翁。

【解题】李世瑜，河南省台前县人，为中华诗词学会会员，曾多次到山东、河北、河南、海南岛等地，联络诗词爱好者，推动诗词创作。李来郓城期间，郓城诗词学会设宴欢迎，此为作者于会上即景所作。

【注释】①酡红：本指酒后面颊红晕，此处指阳光照耀下的红晕。②聩：生而失聪。③行者：佛门中指行无定处、到处布道的僧人。此处指李世瑜。④晚度僧：很晚才剃度的僧人。此处指作者自己。

（七律·新韵）睹西山营房近照二首

二〇〇九年

一

十年风雨碾旋蓬，官换稠如走马灯。
楼掩旧宅成盛世，岁蚀老朽变秃翁。
黄粱梦里三餐饭，细柳营桓五鼓声。
敢问辛酸剩多少，一时滋味此图中。

二

光阴未肯老西山，顾惜营房已破残。
血印青春成碧玉，汗流力马视忠奸。
人生舛误十八九，命运乖张偶二三。
总是金石结患难，暮年回首看云烟。

【解题】邯郸战友网上发来西山营房旧居图五帧以供回味，因有此作。

（七律·新韵）故京忆事

二〇一〇年

京城回首忆云烟，壮志空余两鬓斑。
乱世人思太平犬，涸辙鱼索水一函。
良禽择木徒佳话，苦海行舟非妄言。
自比流年犹庆幸，残躯尚可味三餐。

（古风）有感于《百家讲坛》

二〇〇九年

不讲不知道，一讲吓一跳。
无车学问人，唬倒土老帽。
国粹徐弘扬，学问无广告。
垂帘向全国，似乎无必要。
板凳没坐热，修养落浮躁。
有些待商榷，不足外人道。
大家生寂寞，真知养壶奥。
季任两鸿儒①，足堪来者效。

【注释】①季任：指季羡林和任舒俞二人。他们都是当代的大儒，却一直默默无闻地研究学问。

（古风）晋朝

二〇一〇年

晋朝无文章，大家尚空谈。
独有陶靖节，敢开风气先。
采菊东篱下，悠然见南山。
字蕴天然秀，气吞大自然。
笔下桃源境，迷离足千年。
傲物浊尘外，痛瘝民瘼间。
岂为五斗米，折腰事昏官。
一声归去来，寒泉漱青山。
我爱陶五柳，高风不可攀。

（七律·新韵）李世瑜为促成奔流诗刊事游说沿黄五县马景肃为之设宴洗尘为赞二首

二〇一〇年

一

忆昨登楼二月天，春风未然意先酣。
孤篷[1]遥望行经远，云树长思匹马还。
唯待涤尘洗诗意[2]，敢期锦绣是河山。
芒鞋荜路说辛苦[3]，何惧问津沮弱间。

二

云斋[4]拄杖访崚嶒[5]，四海人说尽友朋。
门外休谗接舆[6]唱，书中赖有凤台鸣。
人各有志实难免，以事违心我不曾。
共道炎凉风雨路，热肠谁解是鹏程。

【解题】二〇〇八年，李世瑜、马敬肃、王继德和作者四人共商邀请台前梁山阳谷濮阳郓城五县诗友筹办诗词刊物，名曰《奔流》。以李牵头联络，经三年《奔流》诗刊问世。

【注释】①篷：用芦席竹篷制成的船帆。孤篷：孤帆。②等待着用酒把您身上的尘垢洗干净，以便显现出诗人的本色。③芒鞋：草鞋。芒：一种多年生草本植物，叶细长可用来编鞋。荜路：充满荆棘的路。此言艰苦的路，待人去开辟的路。④云斋：本指僧道和隐士居住的地方，此处指诗人李世瑜居住的地方。⑤崚嶒：本指山势高峻的样子，也指道路崎岖不平。此处指道路艰险坎坷不平。⑥接舆：此处指不愿意接受同一观点的人。

（七律·新韵）为文

二〇一〇年

一

为文灯下意孜孜，年近七十学六一①。
旧句重读累心绪，新章每构费才思。
诗国后世多同道②，境界同床未可知③。
自把灵台做刀俎④，尽酬血汗染虹霓。

二

文章出口寸心知，说向韶华憎命时。
坎坷无痕化珠泪，困危有感悟灵犀。
良辞自应随民走，笔墨岂为权贵移。
莫谓雕虫真小技，百年之后论妍媸。

【注释】①六一：指欧阳修，欧阳修晚年号六一居士。②在诗的国度里，很多同道出自后来人。③诗的意境随着作者的修养不同而不同。④灵台：心灵，心境。刀俎：切肉的刀和案板。指写文章时的呕心沥血就像把心放在案板上反复切割一般。

（古风）荆轲

二〇一〇年

天下无道久，六国并患秦。
杀身报君者，四海无一人。
荆轲燕丹仕，贲志欲酬君。
一去不复返，白虹贯日曛。
惜乎击不中，含笑粉玉身。
狼准为怵惕，山东共仰尊。
至今临易水，犹思壮士魂。

（七绝）观潮

二〇一〇年

龙卷沧溟海倒立，千军征战马蹄急。
奔扑惊醒眼前梦，身在钱塘十里堤。

清明四首

二〇一〇年

一（七律）

每到清明思父母，断墙陋屋忆穷家[①]。
饶锄汗耒[②]三餐饭，东借西挪四处赊。
未负贫寒增壮志，敢因报国斗奸邪。
白头勿怨蹉跎久，自古青云[③]老岁华。

二（新韵）

柳绿桃红满目青，年年剪纸过清明。
乡村处处绵山树，官场疏疏介子推[4]。
足雨常忧生浩莽[5]，雷鸣不见起蛟龙。
贤愚身后知谁是，荒冢层层接草荆。

三（新韵）

老鸦低掠纸灰飞，乱世生涯人命微。
养父无能终饿毙，报国有志转余悲。
忠良曾见成白骨，故旧休哀变土堆。
悟道残年需保重，糟糠兄弟常相陪。

四（新韵）

竹书[6]累累记王侯，歌舞繁华草一秋。
季重思吴去难返，刘伶[7]醉酒死方休。
汉儒忧世为鹏赋[8]，楚客佯狂笑孔丘。
却问功名谁不朽，清明细看土馒头。

【解题】自二〇〇〇年后，作者祖茔迁至郓城西边庄以西一千米处，父病饿卒于一九五九年，母卒于二〇〇六年，时节祭吊皆往此处。

【注释】①作者故居在郓城南关里，今之县政府以西，有土屋两间。战争年代曾遭损毁，数处漏雨。②饶锄汗耒指辛勤的农耕生活。汗耒：浸满汗水的犁。饶锄：勤锄。耒：古农具，相当于犁。③青云：指高官显爵，崇高的地位。④介子推：又名介之推，后人尊为介子，春秋时期晋国（今山西介休市）人，因“割股奉君”，隐居“不言禄”之壮举，深得世人怀念。死后葬于介休绵山。⑤浩莽：密而无边的草丛。⑥竹书：此处泛指史书。⑦刘伶：字伯轮，沛国人也，身长六尺，容貌甚陋，放情肆志，常以宇宙为窄，时乘鹿车携一壶酒，使人荷锸随之，曰：“死便埋我。”其遗形骸如此。⑧汉儒：指贾谊。语出《史记·贾生列传》：“贾生谊，为长沙王太傅三年，有枭飞入贾生舍，止于坐隅，楚人名鸮曰鹏鸟。贾生既以谪居长沙，长沙卑湿，自以为寿不得长，伤悼之乃为赋以自广。”

冬至

二〇〇九年冬

天短昏鸦绕暮林，路长行旅晚归村。
炊烟渐起烧粗饭，灯火初明闭户门。
诗趣经冬时政远，行踪近岸柳枝新。
遥祝儿女繁忙处，一句平安值万金。

（古风）悟诗戏言

二〇一〇年

雪泥红爪忆来途，诗心原从血泪出。
五味齐全先入肚，七情毕俱不可忽。
斫删[1]岂能吝一字，尽管割爱如切肤。
甘苦都做玉田种[2]，冰心[3]要雕珊瑚树。
诗人未必真拘泥，贵在聪明转糊涂。
频言政治非我属，妙笔点睛说有无。
句炼千炉取片臻[4]，诗熬九转求一珠。
写出天真为仙品，道人难言是功夫。
大非人人皆能诗，官炙利熏绝无出。
勾心斗角穷奸巧，诗心瑶草自然枯。

【注释】①斫：砍去；删：删改。②玉田种：语出《搜神记》杨伯雍种玉田事。③冰心：心地纯洁没有杂念。语出王昌龄《芙蓉楼送辛渐》：“洛阳亲友如相问，一片冰心在玉壶。”④片臻：片，一段，一点。臻，好的，臻于完备的东西。

（七律·新韵）饮茶有思

二〇一〇年

幻海[1]一鸥[2]没浩云，千金难买自由身。
乌纱有道随年换，白发无情与日新。
不会整人生就笨，耻为贪索至今贫。
犹余诗酒相陪伴，来共残茶泡苦根。

【注释】①幻海：佛家称人生之世为幻海，此处作者自喻一生追求的东西皆为虚幻。②一鸥：作者自比，杜甫《奉赠韦左丞丈二十二韵》诗："白鸥没浩荡，万里谁能驯。"

记河北满城、安徽全椒两地战友乙丑旦日问讯

二〇〇九年

我头已不生毫发，我心犹自在天涯。
报国人嫌秃翁老，寄志自觉诗酒差。
忽惊吾弟来问讯，年华相询过花甲。
弟也辕门蹭蹬者，抱璞献赋总不达。
浑身璞玉谁能识，忍看流水走落花。
三杯忆起西山事，五车书惭东陵瓜。
左右豪杰归一统，乾坤府第落两牙。
黄粱未熟已成梦，三生石过任由他。
青山常美无钱买，明月不愁晚到家。
寄言千里零丁客，当年歌舞或可踏。

无题

经遍炎凉事，胜读万卷书。
温升水泛滓，世乱土埋珠。
板荡思忠勇，家贫忆有无。
悲欢不足数，各罢酒一壶。

（七律·新韵）至郓城李进士堂访李怀义

二〇一〇年

三桥二水绕孤村，惭愧生非此地人。
燕子衔泥喜春雨，老鸦争树闹黄昏。
路来远客花枝拱，车到蓬门鸡狗亲。
沦落[1]重逢怯回首，伤多但劝酒一樽。

【注释】①沦落：本指沉沦、没落。此处指转业后音信不通。

龙年旦日记怀三首

二〇一〇年

一（七律）

年增岁转逝无痕，腊酒新醅[1]对晚樽。
老去原知人喜静，病来犹怕志空存。
有诗浪咏[2]消三饭，无路符才[3]扣九阍。
灯节前头报春暖，一雷震处起鹏鲲。

二（七律）

宫灯锦对斗崔嵬④，佳节不卑人半灰。
九域俊才争聚宝，一隅老朽忆惊雷。
泪眸又接侄孙拜，昏梦始知天地回⑤。
忽醒疲劳就佳酿，鹅黄绿蚁⑥试新醅。

三（新韵）

小城昨夜又新春，鞭炮争宣腊酒醇。
三炷高香庆回首，九如⑦重礼拜财神。
商家喜盼“八发”利，百姓都贴“福倒”门。
袖手腐儒缘底事，锤辞炼句记一晨。

【注释】①醅：未经过滤的粗酒。②浪咏：随口咏诵。此处指随随便便咏着自己作的诗歌。浪：随便，轻率。③符才：符合当局要求的才子。④锦对：锦绣华丽的对联。崔嵬：本指高大雄伟，此处指华丽豪华。⑤天地回：指春节。⑥鹅黄绿蚁：皆指酒的颜色。杨万里《生酒歌》：“瓮头鸭绿变鹅黄”。⑦九如：又称天保九如，祝颂之语。

（七律）送温继鹏至扬州二首

二〇一〇年

一

三书往事字如鸦，故旧人来诗酒茶。
南国春生看归雁，东篱菊落送回车①。
数年抗战君期短，万里征程我路遐。
自古维扬②风雅地，余音一缕似铜琶。

二

一望瓜州③有所思，轻车匹马度何迟。
文中八怪称其首，山水一方凝于斯。
见说人情似狐兔，安知世态未新移。
大才稳重堪相抵，琴声三弄④引故知。

【注释】①东篱菊落：温继鹏回郓城时在秋末冬初，停留数十天复回扬州。此时菊花已落，故有“东篱菊落送回车”之句。②维扬：扬州。③瓜州：古称瓜步州，在今江苏省长江北岸，扬州市以南。④琴声三弄：又叫梅花三弄，古琴曲名。这里化用此名，是说温继鹏居扬州时间一久自会引来许多知音。

无题

二〇一〇年

青翠一年树，红黄四季花。
风来戏飞鸟，雨过闹鸣蛙。

（七律）咏荷

二〇一〇年

荷叶田田滚玉珠，中通正气看却无。
出泥不染真君子，修养深藏乃丈夫。
映月芙蓉明北岸，接天碧翠满南湖。
何当移动窗前纸，就写荷花对雨孤。

（七律·新韵）庚寅重阳再寄河南友人

二〇一〇年

百年世味冷如冰，回首京华老泪横。
龙虎争穷形势好，黄粱梦罢故园空。
浪余宝马七星剑①，愧负豪杰万丈情。
谁料别来人便老，卖花声②里叹英雄。

【解题】河南友人：指作者的朋友黄本国。

【注释】①七星剑：剑柄镶有七颗宝石的宝剑，泛指宝剑。②卖花声：语出陆游《临安春雨初霁》：“小楼一夜听春雨，深巷明朝卖杏花。”

龙年旦日书事

二〇一二年二月

年增岁转逝无痕，腊酒新醅对晚樽。
老去原知人喜静，病来尤怕志空存。
有诗浪咏消三饭，无路符才叩九阍。
灯节前头报春暖，一雷震处起鹏鲲。

（古风）为陈平同志书养身心得

二〇一二年

饭吃七成饱，衣着三分寒。
八九是菜蔬，一二为腥膻。
五谷莫偏食，四季皆锻炼。
不做亏心事，绝对戒酒烟。
养身重心绪，名利两轻看。
往事应回首，美景更前瞻。
陋室会文友，清溪垂钓竿。
商山养四皓①，竹林聚七贤。
不必求丹膏②，一样到永年③。

【解题】陈平，郓城县陈坡村人，二〇一二年教作者如何修身养性，故作此诗。

【注释】①四皓：商山四皓。②丹膏：仙丹，膏药。古人认为可以延寿长生的东西。③永年：人应该活到的年龄。曹操《龟虽寿》诗："养怡之乐，可得永年。"

（七绝·新韵）为胡兴刚同志作

二〇一三年

为官十载敬人民，自问衣食无愧心。
寸草根生郓城地，临阳不敢忘深恩[①]。

【解题】胡兴刚：郓城县人，退休后参加老年书画协会，是书画协会副会长。老年为作者好友。

【注释】①这两句是说作者认为自己是郓城县的一棵小草，对待郓城人民就像对待父母和照耀自己成长的阳光一样，不敢忘记他们的养育之恩。

自题

半生风雨梦长违，三径荒芜唤我归。
劫后胸心容万物，病来诗意感沉雷。

（七律·新韵）示济南五兄长

二〇一五年

问心几许愧雕虫，历海归来慕浩鲸。
粉脂虽红耻描画，闷雷渐远喜闻听。
蝇集高准悲独醒，蜂治顽疾庆短生。
袖手长思林木拱，任人长短论西东。

【解题】济南五兄长：指李培岐。

（七律）病中忆事

二〇一五年

病中人事暗推迁，名姓已同鬼箓①连。
无字诗书②耐人读，有痕鸿爪清谁传。
韦编三绝③天假后，国语④一书士死前。
见说斯文行未丧，欲凭秃笔伴残年。

【解题】二〇一二年作者因病住院，此病中所作。

【注释】①鬼箓：记录鬼的名字的书，意为自己的名字已经上了鬼的册簿，命不久矣。②无字诗书：无字书，世俗人情、混世为官的规矩，因书上不写，故称“无字书”。③韦编三绝：语出《史记·孔子世家》：“孔子读《易》，韦编三绝。”韦编，拴系竹简的牛皮绳。三绝，被三次折断。原为孔子为读《易》而多次翻断了拴系竹简的牛皮带子，现用于比喻读书勤奋。④指左丘明及其所著《左传》和《国语》。《史记·太史公自序》“左丘失明阙有国语”。作者引用这两个典故一是希望老天能让自己多活几年，使自己能把自己要写的东西写出来。二是说自己应该像失明的左丘明一样克服困难发奋写作。

（七律）诗集初脱稿随书

二〇一五年

曾经弱水①历三千，雕玉磨珂②俱转圆。
非梦皆因归有路，识途谁解进无缘。
坛前始悟参禅晚，病后方知跪拜难。
斗米至今羞挂印，齐夷一死祭阳山。

【解题】作者自二〇一二年发现患癌症后，即在手术后不久开始整理自己的诗集。据作者二〇一三年三月十八日写于诗集中的注明记录：“自二〇一二年六月十日至二〇一三年三月十七日共计二百八十天，将诗集一至五卷全部整理完毕。”

【注释】①弱水：古时许多又浅又湍急的河流不能用舟船而只能用皮筏过渡，古人认为是由于水羸弱而不能载舟，因此把这样的河流称为弱水。后泛指险而遥远的河流。②磨珂：经过磨炼的石头。珂，似玉的美石，本义指马笼头上的装饰。

（七律）甲午除夕抒怀

二〇一五年

僵卧无心施爆竹，静听爆豆①到庭庐。
命达富贵远鱼肉，志蹇②穷途亲菜蔬。
贫可平安亦堪喜，药能延命欲何如。
安得疾去似风劲，一岁光阴为我除。

【注释】①爆豆：指燃放爆竹的声音。②志蹇：困顿不顺利。

（七律）与张先民语及当兵往事兼论诗歌创作思路

二〇一五年

常笑华年为的①忙，一生事业付文章。
梦中逝水留何易，眼里飞花自可殇②。
怀旧浪余没齿叟，看今好忆少年郎。
谁人识得黄粱梦，仍步邯郸③老地方。

【解题】张先民：郓城县单垓村人。一九六九年当兵，一九八五年转业。退休后为郓城诗词学会会员，是作者的文友。

【注释】①的：目的，为什么。②可殇：同可伤。殇，伤怀。③仍步邯郸：邯郸学步。邯郸学步的故事本是讽刺那些一味模仿他人，把自己原有的长处也忘掉的书呆子。

（古风）麦收季节有思

二〇一五年

麦田滚滚翻金浪，南风送来阵阵香。
麦香里想起童年的梦，布谷鸟催俺早起床。
拿起镰刀快下地，割麦天更比过年忙。

几人盼望麦子黄，麦黄不再饿得慌[①]。
别忘带上磨刀石，五更头要穿厚裳。
割到地头天未亮，太阳羞成红脸膛。

蛋蒜送到地头上，麦饼现轧带麦糠。
吃到肚里青邦味，清香透着血汗淌。
面朝黄土背朝天，农人怎会不惜粮。

牛拉石磙轧麦忙，爹使牲口娘翻场。
先说下轧麦天别怕晒得慌，趁热趁午趁太阳。
庄家人说这才叫“过日子”，一年里能有几个晒麦场。

天当纹帐地当床，夜里睡在打麦场。
星星阵里找银河，找着银河找牛郎。
牛郎牛郎你别走，借个黄牛帮帮忙。

三遍打来两边扬，一亩的麦子布袋装。
布袋麦也就百十斤，喜得嘴都合不上。
蒸出馍来啥滋味，嘿！甜软软的那叫个“香”。

人过七十两鬓霜，赶上改革搞开放。
种地都用拖拉机，麦子随收随进仓。
一亩产量赶十亩，麦穗能有半尺长。

一家麦子收进仓，一队产量赶不上。
新麦进仓陈麦卖，白馍吃够换粗粮。
虽说俺家在农村，天上生活也不及。

今昔经历靠咱讲，穷富各走路一方。
党的政策搞改革，带领人民奔小康。
活到百岁也别死，跟着国家把福享。

【解题】麦收季节是农村一年中最忙的季节，也是农民寄托自己收获和喜悦的季节。作者抓住麦收这一特殊时期，以回忆的笔法叙述了自己经历过的不同时期的麦收季节，以自己亲眼所见麦收的辛苦程度、麦收成果的丰微余欠的变化为依据，歌颂了农民的富裕生活和党的改革开放政策的伟大。

【注释】①麦黄不再饿得慌：麦黄即麦子快要收割的意思。在此之前的这段时间农民称之为“青黄不接”，是农民一年中最困难的时候。往年农民要在那个时候挨饿。

第九卷

《尘寰搜奇》是作者写于二十世纪八十年代至二十世纪九十年代的仿古文小说，这里只摘录其中的一部分并加注释，以飨读者。

玉堂师傅

济宁玉堂家，尝聘酱菜师傅。月给丰腴，餐酒肉而宿帛衾。一日，师傅与诸工语曰："近日不成眠。"询其因，师傅以手抚被褥曰："唯觉其硌背。"时玉堂东家适过其处，闻言大恶之。心思其厌之也足也！宿丝绸乃硬不能寝，不若遣之。于是遣其归。

师傅返故里，手技无所用，日以农功为事，地净则与羊为伍。近午，觉乏。散其羊，遂倒坟上沉沉睡去。梦中有人推之醒，视之，乃玉堂东家。盖东家遣其归，又聘一师傅。技不熟，投酱下料多坏。心悔之，寻至其家。至是乃戏嘲之曰："昔汝温柔不宿，今枕坷垃而眠，其癖也夫，命也夫。"师傅愁愁言之曰："食俸君禄，指挥百工，酱盐忖度，干系百万，故帛软不能成其眠。今无任一身轻，心宽而意舒，故枕坷垃而能入梦。实非癖也乃命也。"于是东家大惭，坚邀其归，师傅不应，后设席赔礼师傅乃归。

牙医

医者，以去民瘼活己，故人皆敬之。然不逞之徒以欺世之术添列医林，也足活己也。以是见民瘼之深，是有病乱投医，君子可欺以其方。

有崔某者患牙病，痛不可忍。适逢集入市求医，时一牙医布摊毕，张"青囊妙术，圣手牙科"布匾于背，置千百牙齿于地。见崔某以手托腮，即招之曰："君牙患甚也！我愿为君除之，勿予费，但借君口荐我一名可也。"即令张口，曰："再不去，祸及骨也。"于是以棉一团沾药塞患牙，令含咬之。时围者渐堵，医即曰："我祖传药，酥骨祛风，非一日也！今借足下之病，略展小术，以昭祖德，今约诸君试观之！”旋约崔某抚背咳即吐。于是咳，医拍崔某背令吐之，果吐患牙一颗，鲜血淋漓。医令吸气，问曰疼否，答曰不觉。医笑，复以棉团沾药令咬之还。崔某欲出金谢，医急阻之，曰：“与君约勿费，但荐我一名可也，强送之还。”观者皆鼓掌，有患者争求医。

崔某徐至家，心私疑之，念其术果其神乎，我竟不觉也。私以镜窥之，病牙犹在，以水净口复观之，各齿循序依然，一无所动，方悟被欺也。然念无所费，徒一笑耳。

彼医者，行骗之徒也。先敷药时绵中裹残牙一枚，以丹粉沾之，令咬棉。患者虽稍觉，不疑有假。不收费，惧人追己也。故强送之出，然以骗术罗众人，得以售其药，亦遂矣。

世无欺

有某甲，自持天资聪颖世无能欺者。尝顾左右曰：“斗城之内无能欺我者。”又曰：“英雄独恨世无匹耳。”久之不觉，绕口成禅。

一日至通衢，有一童子闻其词，对曰：“某举一公，与君可匹。”甲曰：“速呼之，某于此处专候。”童子飞步离去。

某甲等一刻不来，又一刻仍不来，三刻即尽杳无影讯。始知被欺也，大惭而归。

虫二碑

某昔年登泰山，见万仙楼盘路之西有一崖，上刻“虫二”二字，人至此皆不能识。因虫类虫，皆呼为“虫二碑”至郭老游泰山，至其崖下。人皆索其解，郭曰：“此风月无边也。”随手指划，真“风月”二字去其边也，众始大悟。视其地，果云海千顷，风月无边。

勒石记铭，古之习也。若虫二碑，别具一格。藏意于雅谑之中，得免对牛弹琴之虞，岂不善乎！

假茅台

牛年[1]春节，同窗相沽。有友言及送礼事，遂哀世风，曰：“曹县某甲，转业回籍，工作苦无着落。数度送礼皆泥牛入海，心窃愤之。有风其于年关送礼茅台者，言局当道喜酒，事定可藏。”某甲乃集茅台空瓶四枚，皆以溺溺其中，封俱呈送。事果定，着落某厂任职。某甲至厂，会好友于该厂任秘书，以实情相告。友大惊，然实佩其风，偕与言之支书。支书也恨局中权贵要挟久也，于是曰：“汝且安心工作，有事我等助君谋之。”

年关倏至，局长宴客。酒过三巡，乘兴陈茅台。发酒，瓶中黄。嗅之，味酸败。亲一尝，尿也！于是赧颜曰：“此酒小儿错置也。”乃复换甘醴，席毕，局长愤然，立查姓名，以电话知会该厂，曰：“某某在此否？”会支书接电，曰然，曰：“此人安排错也，暂勿使工作，待调毕再定。”支书曰：“不劳费心可也，人岂有错，是酒错也。”局权贵始知事发，再争徒丢人也，乃挂电无言。

注：①牛年：这里指一九八五年，即农历乙丑年。

假银圆

北樊楼张某，有一子。拉锯[1]时躲兵燹，父子同藏一陋室。忽一流弹来，贯其父子，须臾乃毙。后论其巧，人或言其父有劣行。先是，父养一驴，拉磨筛面。有汤锅来洽其驴，父贪其价，立卸磨卖与锅上。宰时，驴且咻咻，毛且蒸蒸。“卸磨杀驴”乃一喻也，其喻心狠手毒也入骨也。彼张某却循循行之者，全然不顾天网恢恢，疏而不漏。

某[2]儿时，先人[3]也语一故事：天下兵燹，百姓逃荒。一老妪曳孙行，途饥，幸身藏一圆，取而买饼。货饼人取银圆吹而试之曰：“此假币也！不欲货。”妪哭而叹曰：“奈何，我祖孙行且饿死也。”适一兵过此，怜其祖孙，取己钱与换之。妪不及谢，兵将假币储内衣匆匆远去。后战事大急，弹飞如雨，临阵者尸横遍野。兵行，觉胸中一震，未在意。后脱厄，与诸人语假币事。取而观其币，见币心有一凹点。始悟事急时，有子弹射其胸，幸中假币未伤心区。其命运乎？报应乎？玄说乎？皆非也。其与货驴者意在褒仁者之义也，促人取义也。

注：①时局不定。②作者自称。③已故的父亲。

好眼

裘衣名贵，难保不生虱虮，京都繁华，未尝不藏歹人。某居京时，尝闻二十路歹人故事，二十路，公共汽车线路名也。通北京新站至永定门车站，车上多旅客，有盗廿余人结伙专食该车。因屡失盗，久之，售票员也识得贯做事者数人。一日车行途中，盗数人上。售票员遂关照曰：车上人多，请提防扒手。越一站，数盗下，至售票人处一盗低语曰："汝眼真好眼也！"又二日，售票员夜返家，至弄里，数人突来，缚手足塞其口，以利刃剜其双目。

有歹徒欲作案，新砌一刀。毕，欲试其锋。见一女骑车来，遂出而杀之。究其渊源，素不相识。活泼一命竟平白丧于刀锋。京中人口近千万[①]，命案不时有发，今不居是地三十年也，不知治安风气如何。如上，当严加惩处。社会风气常以纲网为左右，执法者严，则奸宄畏于法，执法者戏，则歹人持以胆。魏武初起，任洛阳北部尉，悬五色棒杖杀蹇叔，虽得罪权贵，终为后人史。今官吏罗列，复有效孟德悬五色棒者乎。

注：①此处指二十世纪七十年代北京人口。

死囚

宋长立者，郓城东南乡人，排长转业者，任城东丁庙乡公安特派员。八十四年秋，一南方卖身落户[①]妇往黄堆集[②]赶场[③]卖衣，适逢宋某骑车回家，因相识坐于宋车后。至野，乃奸之。毕，女也无怨。适女衣中有现金伍佰元，宋乃取之，曰："权一用。"女乃怒，归即告与官。适公安局有上峰至，闻之大怒，曰："真吾辈，当杀之。"越日，公安局开全体会，阴使女于窗后验之，至宋乃得。

宋既下狱，殊信坦白从宽条，据以实情陈，据结画押。

当是时，全国多发警乱法者，上京以严治警论下。宋案适逢其时，一具结即欲严治之。又郓公安多有舛错；先是双桥乡有一警，夜游，见一男偕二妇；妇一大一小，以为氓也。询而欲捕，其男落落大方，于怀中取一件[④]，视之，乃泰安警厅官也。二妇一妻一女也，或出言有悖，双方相争。郓警乃以拳击彼颊，彼归即告于省。又丁长乡某村因宅基事诉于乡厅，乡厅袒与地方，遂将某甲以铐系。某甲叔于军区供职，甲亦素晓政策，知乡所暗[5]，乃藉入厕机[6]戴铐潜，归即由其叔连枷戴铐诉于上。又，于县城中捕得淫女多名，讯而得警中宿奸者，大有人在。至宋某乃万端发锐、百矛集结，皆刑其一身也。案呈地区，上峰[7]先入之见于杀，县中乃惧。私谓其[8]慎重，细反诉于上[9]地区不准，又诉于省，时李长安执省柄，曾于会上言：“如郓城宋长立者即应杀之……。”县赴省办案者[10]闻是言无言而回，即决于死狱。

长立为人，身颀长，面白俊。出伏刑日，往观者县中以万数，自公安官吏至于百姓莫不惋于斯。彼即毙于蒋庙村后沟渠桥西北岸。有言其下车环视左右，皆昔日战友也。乃点首目告，后从容死。又有言宋某将死，彼奸妇喋喋于官曰：“彼实好人，幸勿杀也。人以其淫鄙，皆嗤以鼻。”

国置大典，决生死，要之警万民而安社稷。杀一人而使一方泰，所谓除暴安良、以儆效尤是杀之当也。如彼宋氏，杀之而使千万人惜；有惜其不该索财者，有惜其不该以堂堂之身而奸猥猥妇者，有惜其不该信谓“坦白从宽”者，众说纷纭不一而足，是杀之失当。当之所失，的[11]在法根不牢。法者非天子之法，乃天下之法。不以龙颜喜怒而动，不以国情晦霁而摇，不以亲疏而分，不以尊卑有别，铁铸铜浇，绳墨大地，是谓法也。凡法以人物喜怒而动，皆谓之法幼。法幼，头悬不定刀，国之大害也。即彼宋囚，乡人言之：一若不为警，二若不及与时，虽重五倍不当死。故乡人皆笑曰：世上眼子[12]多耶！上市买物有填眼子钱，掉头殁命也有眼子货也。

注：①开始以卖淫为生，后又落户嫁人。②郓城一乡，位于县境东南部。③赶集。④证明身份的证件。⑤乡派出所。⑥借入厕解手的机会。⑦指地区公安局。⑧告诉宋长立。⑨仔细地再写一个有翻供作用的犯罪经过。⑩县里派去重新办理该案的人员。⑪病根。⑫冤头。

李五

李五者，郓城东关人。大名不详，以其排行五成名。其大哥李遵印某儿时同学，十一岁溺死于马家坑。至李五，三十又三岁娶一妻，夫妻皆在县灯泡厂工作。李五素喜聚财，乃租其四兄所在机关一挂车拉货。凡数年奔波，五也积累金五万余元。是时，其友劝曰：“一妻一女，五万元金亦足也。奈何玩车，此玩命也！”五曰：“是斯言，我计于六万元歇手。”于是发车往河南，载十四顿煤，至一山路转弯处，主副二车皆撞于屋。屋六间，为地方门市。车直撞于中，立塌三间。屋中死二人，李五当场毙命。两方交涉十数日，李五家出万元仅把五之尸首取回。赔车赔货官司未完而五万元尽也。其妻见状乃领其女去，五既无家，河南也无踪可追，案随不了了之。

见好乃收，知足常乐，此言虽淡泊也，非君子所能克行也。此李五者万元索颈，取利重于取命。刘郎曾作蝜蝂小虫赋，非此辈而何哉！

肖南夜见

故居肖皮口乡有果园，谓之肖南果园。八十六年孟秋七月朔，某奉土产约至肖南果园调果。装果时交夜十时，星空晴朗、银汉灿烂。忽一装果人与车上大呼："看也！何物。"循指望去，东北空际一物喷火飞来，火从尾部喷出，近尾处成青蓝色光，稍后黄红色光，再后为火舌火星，度其火舌不啻五丈。而其物本身既无灯光亦无声音，冥冥然不可视。飞行速度甚快，自北向东，两三分钟后即逝。茫茫夜空复归平寂，人皆询我为何物，余也不能答。

七十二年初冬，余居京西松堂。一日归晚，至玉泉路忽见西山顶上一物如漏斗状，旋转发光。光青白色，悬浮不动，旋而即逝。

近世各国有识之士已注重此物，谓之飞碟，议其为外星球智能生物。余也认同：天地无垠岂独地球生人乎？果如斯言也人间一幸也。然观夫一泓人寰争斗频仍，同为手足尚且阋墙，苟与外星球交又岂能久乎！虑于此又一叹也。

祝氏货

莒县西关宋某，家始贫。初货杂品，聊以度日。其子长，遂租一车，东奔西逐，数年积金数万。于是翻新拆旧、联姻新妇。妇有小姿色，与棉麻公司经理有染，宋乃藉此奇缘以拉棉运货为由暗吞货款，数年暴富。于西街起楼一栋。货物琳琅，俨然坐贾。宋氏亲友有求贷者，多白眼相向，积有怨言，渐有喊项[①]者，以刀缚信插门上，父惧，乃从命掷金暗处。子未敛迹，逾放荡；行贿官府、欺行霸市、声色犬马、聚赌嫖娼、坑蒙拐骗、违约赖贷、包揽工程、雇凶打人。渐成镇关西也。

寅虎正月，宋氏子以万元金购烟火。四门广告之，曰："元宵夜展销浏阳烟火，助一往观，名为展销，实欲庆其富。"时西街楼室货满，皆高档电器、布匹。宋于是挤烟火于楼下，前五六日已不售货，专俟以庆。宋子有二女一男，时子不满三生，正月十四日夜，幼子吵闹索火炮。宋氏子曰：取可也！适室中无灯，幼子点小蜡烛入，入以明火触发。盘绕连环、牵一引十、万金火炮、顷刻爆发。毕剥震耳，人不敢入。又天送微风，火舌飞绕，十间门楼吞噬在即。虽极力呼救，而来应者了了。宋氏子是时也手足无措，只救出火中小儿并数辆单车，数十万元家当竟被回禄[2]收去。

传闻先一日，宋氏子夜寐，梦一赤面伟身人入。问为何，曰借贷，问身世，曰祝姓，问干系，曰汝父旧交，子不识也。乃意其为喊项者，严拒之。赤面人笑而退曰：宁为天烧万金，不为旧人捐一厘。也过也！

余闻而惊之，祝氏者，莫非祝融乎。融者，火神也。淄川蒲氏[3]曾述之：言融化美妇人，乘某人车，伴十数里而终不乱。融知其为有道者，于是明告之曰："天皇命余收汝产，今感汝有德遁而复命也。"以是观之，祝氏为神尚不昏聩；感某氏有德而惜其财，叹宋子不仁而灰其室，取舍莫不有所慎也！

注：①恐吓勒索的行为。②火神名，即下文中的祝融。③指蒲松龄。

说瞎话

玉皇庙[1]有某甲，言多瞎话。乡人知其弊，常聚而撩其言，聊取一笑耳。一日晨，某甲骑车如飞，自南趋村北。至隅首，有逸者逗之曰："说段瞎话再走，可乎！"某甲曰："家北翻坑也，焉有闲情耳！"车不停而去。翻坑者，池塘室息也。鱼虾不得藏，乃浮。是以捕捞之机，众以为真，各取荃笼去。至，池塘如碧，空无一人，乃瞎话也。

注：①郓城西一乡镇。

李集命案

故居李集乡北张楼张某子，八年前与李集韩家女相识。后女不悦，姻遂解。张家子复恳数次，不允。遂往戏骂，韩女之兄以杖逐之。张某子于是出走东北。

有樊家与韩家同居一胡同，樊家居西，韩家居东，均为入巷首户。一日，樊家次子出担水，见一人奔己，问曰："韩某某居此否？"樊家子以手指曰："此弄东起第一家是也。"

是夜睡至阑，有人扣樊家门。樊翁出开门，开门即被刺，死。樊家长子闻声出，也被刺。母起呼至门，背受两刀，昏于地。其时邻里闻之，集而追其凶。盘桓天将晓，凶手指众人曰："我仇得报，死无憾也！"又呼韩女之名曰："汝父已死，速去哭爹可也。”众人莫明其妙，围而欲捉之，时凶犯于衣袋内取一瓶，饮而毙命。及死，天亦晓。近观其面，有识其仿佛若张家子者，因究其家。家人初匿之，细审，真张家子也。其入东北，苦工积钱，终不能如意婚。思韩女毁约，仇于心，专返而杀之。及至故里，闾巷变化不能复视韩家门户，是有一问。指途者与韩家同居一巷，不过一首一尾。据实答之，也本无意引凶追仇。何阴差阳错，意韩而杀樊，声东而击西。岂非命乎！也一悲夫。

一文买卖

玉堂初开张，经营酱菜。推车担担之人多自带干粮，而买其咸菜下饭。买卖极小，多以分文计。店中伙计单谀巨商，而苦力人至恒冷漠处之。负贩人道路相叹，言玉堂店上多肿子也。肿者，郓钜[①]方言，谕人呆答不理谓之肿。一肩担人曰：“其肿不若我也！”众人谓之吹牛，肩担人曰：“今日我欲与其比肿，孰能仲裁之。”于是人伴之去。

至宁，径入玉堂。入店，肩担者弹起尘，直面柜台，愠容恚气，半晌无一言。店上初意其买菜，故不理。后觉其气怒而眼直，意为疯人，乃曰：“措大来何为！”肩担人于是大悦，曰：“人言玉堂店人肿，今一试高低，到底君先语，汝肿不若我肿之甚也！”伴来者认其输，将以请酒。店上亦大哗，适东家过此，究其底，方知如是。于是亲称一两菜，谢过而送至门外。

及肩担人去，东家立关门。集伙计而严斥之，曰：“南商北贾结与我，欲营其利。推车担担之人蹬此门，欲取其义。且彼行止不定，走南闯北，口中褒贬实行业性命也。今而后有以其利薄而薄其人者，立解而遣之。”后百数十年，富不谀、贫不卑竟成玉堂规矩。

济宁玉堂酱品，负盛名与齐鲁。余昔年居京都，六必居[②]且尚其名。究其根底，必有过人之处。重产品复请师父，讲信誉不薄分文。大树阴阴自有其根。其两项亦傍甘泉之根也。

注：①郓城巨野一带。②北京著名酱菜园。

论屁诗

清至光宣[①]，文风萎靡。士尚八股[②]，字崇馆阁[③]，皆空言无物。更有某当权大宪[④]著文四卷，钦点御批，强人所读。登科取仕恒以此为范，人皆呼为敲门砖。有私塾某先生于此心有所愤，乃执教学生，戒之再三。正执教中，师忽放一屁，响而且臭，以其古板严肃，弟子未敢有忍俊不禁者。然课后终有弟子于文题之外题一诗嘲之，诗曰：“一声炮响出恭门，闻捂百官列两宾。人人都说闻官好，闻官但把捂官遵。闻官受够窝囊气，捂官憋成缩头墩。来生愿为离乱犬，不作此间太平人。”师读毕，挥笔批曰：三年学诗不入门，迩来做得放屁文。准汝也放三天屁，不许一言戏师尊。复又于批复之后附一诗，诗曰：“屁为文章古来无，更有屁文著成书。思想空洞无一用，主义误国入歧途。铅花空涴蔡侯纸，头白老死子云屋。莫笑为师虚功臭，此等文章屁不如。”学生见到批复，深会老师憎恶。也复一诗云：“我师放屁震破天，声声强似敲门砖。屁空尚留一阵臭，文空不如屁值钱。”

注：①清朝到了光绪、宣统年间。②八股文：一种当时的文体，写作程式死板，千篇一律，堆词垒句，空洞无物。是朝廷开科取士的基本依据。③馆阁：一种流行于当时的字体。只投皇帝喜好不讲法度变化。④大官。

两舅

余有舅父二，大舅守科；自幼好赌，而外公督之甚严，动辄笞其身。婚未久，赌。公觉之，锁于屋，取白腊[①]笞之。舅惧，入夜开锁，私跳窗潜赴东北。去则正置兵燹，裹挟入军伍，枪林弹雨、几成炮灰。三十又四五归故里，其妻早亡[②]也。当是时，外公已作古，而自无出。于是复娶杨氏，是为今之妗。婚三十年终无所出，唯妗前[③]有一女，年一归省，与继父缘甚了了。日月催颓，与糟糠相依，糊口且难而赌之不衰。古稀之后，患类风湿病。手足肿痛，佝偻变形，危将及命，仍附一赌，人或劝其罢，则曰：黄土齐项也，戒复何用。赌之如故，至不能复起为止。二舅守孝，小四岁。一母同胞而性迥异，孝自幼喜编席，勤奋好学，遇有难花[④]彻夜琢磨，渐织之不俗。二舅口吃，娶梁氏女，生一男，是为今之表兄起。起未周岁，而梁氏以乳病死。以其[⑤]口吃终未能再娶，二舅将遗子托长姊[⑥]，日夜攻编织。所出席篓逢会一空，吃油点火[⑦]竟以此技养家。起与余同庚，唯生月稍长，生三子二女。三子复又生五子四女[⑧]，后裔繁茂枝叶成荫。为长兄潦倒，二舅时以金赠之，窃意兄无后而家穷，欲使兄得一私餐[⑨]。所送金科宁不食集之而赌，二舅言及，既痛且恨。

余之两舅发于同根，唯一好有别竟大相径庭，至乃终身受其害益。忆之当初诱其赌者，与灌鸩刿骨何异也。而外翁以条竹笞子，非不痛也，吞泪忍痛欲使其吐鸩也。然终不能，于九泉之下心何安哉！

注：①一种植物，属荆条科。取白腊条抽打。②大舅的妻子早已经跑了。③与前夫所生的女儿。④难编的花纹。⑤指二舅。⑥将不满周岁的儿子托付给大姐喂养。⑦买吃的油和火柴。⑧三个儿子们又生了五个男孩和四个女孩。⑨私下里买点吃的。

拳对

东单，首都商业重衢，有地名太基场。余住京初，其地尚芜。广近百亩，杨柳槐榆、草灌丛生。晨曦暮霭，森然如寞。京中歹徒多于此肇事，人有指告曰：昔美军一大兵强奸北大女学生沈崇者，即此处也。至七十三[①]年，京中僻为公园。附近居民早晚多欢栖与此，跑步打拳、啜茗聊天，不一而足。一日晨，一青年于园内练拳，腾挪跳跃，猿臂猱身。进退攻防，鹰飞隼翻，舞得热气腾腾。时观者渐堵，誉声啧啧。至一阕，青年稍停。有一人曰："子某套路不足。"观之语者，叟也。枯瘦如柴，躬背抄手，近四月半，仍披一黑大衣，败絮其中。面黑黄，眼内陷，唯神情矍铄。青年先不悦，曰："何错？"叟曰："拳出风，肘还弓。尔拳出低，故肘还无力。"青年默然良久，曰："请示范。"叟仅袒衣，以一手示之。青年曰："不足观，请一舞。"叟于是脱衣舞之，出一拳，筋响骨裂，有风雷势。青年曰："伯也昔年好此道者？能否一小对，以借身教。"叟知小子不善，笑曰："老也！但求不笑可也。"以步丈地，见左前两步半地有石子三枚，以手拣去之。青年曰："仅奉教，以单拳击来。"叟退一步，以左拳上击迎彼右拳，青年右拳空，立出左拳。叟出右手接彼左拳，握腕。青年痛不过，右翻身。叟飞起一脚，正中臀部。青年腾空而坐地，现赧颜曰："足下滑，愿再试之。"不及叟答，飞拳打来。叟处处闪避，退十数步，见其锋尽，双拳加开。出左拳虚击小腹，出右脚击下处，青年恨初发，边退便以右路攻上。出右拳击叟面部，叟进三步，以左拳掏心，右拳攻下腹。青年见颔部空，出右拳击叟。叟出双手接彼右拳，出左膝虚顶小腹。青年收腹，叟急翻身，以臀后顶，躬身作过顶摔状。青年惧，急坠。叟突松右手，以肘后击，青年立倒地。

叟于裆下双手捉双足，说声“走”，将人凭空提起，摔出数尺之外。时围观者众，彩声雷动。青年平卧良久，未起。忽挺立而起，飞起一脚欲击叟腹部。叟右手接握踝部如钳，上抬直送，青年又倒地。乃翻身起，单膝跪地曰：“弟子谢赐教，某愿从今师事之。”叟急扶，笑曰：“我老也，昔年技，手极生。幸无伤否？”青年曰：“无伤。”提裤见踝处，青紫。叟曰：“我过也！不足师。”青年曰：“交中唯知手硬，我差远也！”叟曰：“手功，诸法之本。可长年习之。”遂就地拾一砖，掰之如饼。于是问青年从师谁，答曰某某。叟曰：“吾与天桥宝三[②]同师于祖[③]，至某某行中祖孙称[④]。”于是留青年址，约共习之。

叟去久之，青年亦收衣欲去。忽悟己凡三扑地，皆叟以手拣石子处，赖地净故无伤。

注：①指一九七三年。②原名宝善林，北京著名民间艺人，活跃于清末民初，擅长于耍幡、摔跤。③与宝三同师与祖师。④到了这个青年所说的他的老师这一辈，在武术行辈中应该是祖孙称。即这个青年的老师应该称呼老叟为师爷。

吴修甫

吴修甫者，郓城黄安乡人。尝于黄安社任采购员，后迁小吏，辖数人往来郓荷[①]行商。修甫为人胥稽玩世，凡城里会[②]，辖社[③]多于城东门出摊[④]。而彼社途遥，多晚及，及则地皮被占也。修甫于是寻旧地，与新主人争，语近风魔而目痴直，旋倒地大笑，口吐白沫，人以其癫多避而迁之，修甫于是得失地。

又旧年糖奇缺，来货即排长队。修甫尝佯狂扰之，有知其癖者曰：“此癫人也，宜速使买之去，修甫于是得先买。”既得货曰：“我癫乎，不癫焉能先得之，是世人皆癫而我后癫。”

一日，修甫因公出济宁，与诸友游于市上。前行一男一女，皆衣履华贵，类地方官吏夫妇宴游也。修甫笑语左右曰：“孰能以膝顶男人腚乎？”皆曰不能，反唇相讥。甫曰：“我可以为之，且使其不怒，但笑耳。事成可请一酌乎？”众曰可。于是修甫急行数伍，以膝猛顶其男臀，男急回头，正欲怒，修甫急抱拳曰：“错也！错也！某错认故人也。”于是厥其尻，曰：“既如是，请先生还报之，以正某孟浪之罪。”并行男女以其孟浪错认人，怒先得缓。今又厥尻待还，于是笑释其怒而去。及归，众馆以酒，皆服其活脱也。

五十八年[⑤]，甫以言语癖[⑥]归故里。时正大跃进，凡报亩产皆迎奉上峰意，实[⑦]则被祸。甫观夫世态如此，乃报三分地产萝卜数十万斤。上峰喜，询其所以。甫曰：某种萝卜知主人意；人有多大胆，地有多大产。使萝卜上顶青天下扎黄泉，数十万斤不可以限量也！上峰于是知甫讽于己，然亦奈何不得。

某闻修甫先生事，因忆昔年军中有曹秋水者，也类修甫之为人。秋水髫年，尝与村人看菜园。会一女一男偕过其园，众人戏之曰："秋水只村中怪[8]，能与前行女子一亲嘴乎？"水曰："能则何？"众曰："赏甜瓜。"秋水度其男女已过其地，乃追之。至，男女惊回首。水恚然曰："姊姊老大没趣，奈何偷韭菜，欲食言则予之。"女急辩之，水曰："先前见汝一蹲，何言无。"女曰："纳履也！弟且翻之。"水小看女衣手皆无，指其口曰："是汝见我来，急纳口中嚼而咽之，使我一闻则知也。"女有难色，其夫速欲雪耻，强捺其妻躬而令水嗅其口。水嗅之良久，曰："是无韭味，可去也。"众人见水追男女皆一惊，后见水指划男女，赖地远，言语皆不清。唯见其男强捺女令水亲之口部良久，于是众皆服其鬼，赏食甜瓜数枚。

地不患脊唯患板[9]，人不患穷唯患奴[10]，诚哉斯言也。聪敏往往发于灵台，流注七窍，岂以贫富有别乎哉！汉高祖骂信醒于张良蹑足[11]，史已称其敏。使吴曹辈共刘项逐鹿，则鼎鼐之器未赏不移居他家。时势不来英雄无用武之地，惜乎也哉。

注：①郓城与菏泽之间。②城里逢集、逢会的时候。③各公社下属的供销社。④在县城内主要街道临时搭棚卖货。⑤一九五八年。⑥因为说了有右派言论的话。⑦说实话。⑧调皮，搞恶作剧。⑨地不怕贫瘠只怕板结。⑩人不怕贫穷只怕奴样，奴样：办事邋遢、不愿劳动。⑪ 在围剿项羽的关键时刻，韩信要挟刘邦作假齐王，惹得刘邦正要大骂，被张良暗踹一脚，刘邦会意急忙改口承认了韩信的要求。

水鬼

水中有鬼，诚谬言也。乡民凡津津乐道者，皆因水塘溺人死，数，托言有鬼。水溺死，身青紫，于是附会鬼掐之说。闻者传闻，添枝加叶，遂成鬼事。今揆其一，君姑听之。

江南某村，水乡也。入夏，溺毙数童，言水中鬼事，百姓传讹，谈水色变。会有驻军某团长，时在该村四清。日傍西，热甚。取垂柳岸下以巾盥洗，时彼一足水中，一足树根。忽水中足被一手握之，团长大惊，急以一手援于柯。水中手连拉足数下，见不动，乃去。长归，自思从军数十年，不信鬼事。今以身受，既惧且奇。于是亲撰文呈军师，请拨机器数台，欲涸其池而澄清鬼事。上级为阶级教育计，乃泼抽水机五台、油千斤，昼夜不停。七日，水将尽，唯池中存一泓。团长于是置步枪于岸，度水将涸，夜罢机。至日三杆，复抽之。将尽，忽一物从凹中立。鸣枪，其物复潜泥中。于是，选军壮士数人，持枪以网围之。其物大如狗，乃水獭也。盖其塘久远未干，昔年逢大水，物从远处来，潜于斯，至是，乃昭鬼事。

夜食

某幼时，县中无文艺。父辈老人逢冬夜无所事，恒聚牛屋拢火而言鬼。某方髫年，既惧且爱，偎于父，复无困意。及归，伏于父背且惧背后有鬼也。

有郭林[①]五婶之父[②]张姥爷为言夜食事：西董店有张某，善做烧饼，日做数十斤，夜半赴城里待平明货之，得利活妻子。至一坟地，恒有数小儿索其饼。予则食，而跳浪左右，颇近顽皮。不予则迷路，盘桓不出。至明观之，所触处每有土骨木屑。张心大疑，度非小儿乃鬼也，窃欲验之。至夜，复有数小儿出索其饼。张曰："可予饼，今夜大寒，背一取暖可乎？"于是一儿使背之行。至野将尽，儿曰："下之可也。"张曰："弗暖，何急为！"又前行将近庄，儿燥曰："公放之，姆姆唤我也！"张不语，坚背不舍。近村，鸡叫犬吠，儿大躁动，哭唤啼号，张仍坚背之。又复行数里，晨曦渐白，背上儿渐不动，唯大僵冷。至于市天大白，有张之故人笑曰："负一腐木何为？"张乃释于地，响声咣当。观之乃棺板也，张借邻人斧就地劈之，决裂有血，后夜发赶市不复有索饼小儿也。

注：①村庄名。②五婶的父亲，作者的五婶母姓张氏，故下文称张姥爷。

徐小印

徐小印者，河北保定徐水人氏。五十八年入伍，六十九年后年月与余供职军中，同居西山松堂。以其命殊蹇故至今能白其事。

徐结发妻乃同乡人，生有一女。七十一年妻患再障性贫血，治数月终死。时小印三十六七也，以军中故人多，为夤缘得一孀妇。其妇前夫乃海军一司机，因车祸殒命，遗有二女。小印相其人可，结为侣。虽子女父母不同，也成天伦也。军中以小印年逾四十，欲使退役。又以故人故[①]，先风之[②]。徐某虽保定府人，然入伍时发[③]于北京，按律[④]当复原于北京。而其后妻时在河北某地，徐于是大破费，过重关卡，年余终将其妻调入京城。至是徐乃解甲，复原于北京机务段。

小印入厂伊始，无确差[⑤]先使入专案组。会有案情涉唐山，乃于七十五年冬遣其赴唐山出差。徐以年关近滞留不发，七十六年春领导又促之，徐以家务未妥又驻足，至夏，厂内复促之，小印于是选七月二十八日赴唐山。当日抵唐，疲甚，住唐山铁路段招待所，宿于四楼。是夜三时四十二分五十六秒唐山大地震，强震达二十三秒。全市楼房民房六十五万六千一百多间顷刻夷为平地，死亡二十四万两千七百六十九人，徐小印此其一也。

噩耗既至，其妻以交通断阻、音讯全无，乃求于部队持信赴唐山打探。时唐山铁路、公路皆断，周遭以军队严封，赖军信入。其所宿四楼已成平地，人查册有其名，而尸因天热会雨腐不得认。当是时，遇难者俱盛塑料袋内。核实姓名通葬于沟。

生死由命，富贵在天，儒家始祖之言也。批之谓之谬，信之谓之诚。徐某累累于算计，虑无不周。虽中道丧妻终复家业，观其跑工作、攻调动不遗余力，而争之必得。奈何发唐山差左右滞留也！又奈何选此良辰也！真世间聪明者能洞阳世之火而无眼观冥中大网乎！余年过四十，睹死于猝然者也众也，始渐而信始圣之说，虽鸡鸣起舞、晨起练功，意欲与身体有所裨益，以其補比诸命如粒米比之瓢盛，似杯水泼于车薪。乡人俚语曰：卵不可与石碰，人不可与命争。嗟乎！斯言诚有可信之处哉。

注：①以徐小印是个老同志的缘故。②预先把复原的消息告诉他。③从北京入伍。④按照当时的规定部队基层干部转业时哪里来的回哪里去，国家不予安排工作。所以下文称之为复原。⑤没有确定的工作。

戴茅草

郓城城北有村曰肖斤，戴某即其村人。明朝嘉靖年间，以进士第授官同七品，知砀山县。至知治地赤贫，千百亩皆生茅根，乃发奋除之。戴肖斤家有薄产，尽货之，得银千数。于治县通衢张告示民：本县以草价收购茅根。人皆不解以为药用，见数量累十数万斤，旋思药用不至如许，益不解。时春初民无宿食，妇孺皆采茅根货县中，饥少得解。三月，戴得茅根万担而地得拓百数十顷，茅草几尽。戴又发种粮使得雨播谷，一年民皆得温饱。治凡十年，砀山大富。后二十年戴卒，砀山县民于其祠堂铭碑，高数丈，述其功绩。后期多有睹其碑者，其后乃泯。至今皕年村老犹知戴茅根者。

戴氏林茔前有一水，奔突而来，至戴林岐分为二，绕茔而去。或言此乃茅根阴骘力也，感于冥府故地绕而水护之。

近观省府志，郓城有吴隐之者，字处墨。东晋安帝隆安二年出任广州刺史，到任途中饮贪泉水，乃感而赋诗，发奋终生不贪。任内自行简约、衣食简朴、居室无华饰之物，任满返乡，复过贪泉，乃检点衣物。见妻子所佩沉香一块非出任所带之物，即命妻将沉香投泉水中。

列朝治国两千又五百年，吏治至今得无有道之人乎？文贪武贿焉能混沌论之。夫戴、吴辈辉若晨星，真也使今之治吏为之赧颜也。

土地白

明宪宗成化十年，余子征任延绥抚[1]。以筑边墙[2]故，数年暴富。卸任归故里，白镪黄货[3]以车载，而箱笼珠宝不可胜数。将至县，管家报曰："车后一老耆，千里尾随之，虽翻山涉水而相距不舍。"余疑，招而问之。老者曰："某延绥土地也，君居是地数载，刮地三尺，君有箱宝而余无居地。无奈，故随之。"余闻赧颜，转而大怒，欲加笞挞，视之影迹俱缈也。

注：①任延绥巡抚。②长城。③白银、黄金。

套狼

关外秋收，农家忙不支。妇而有子者多负于背活计。有一中年妇抱幼子往摘棉，至地深处忽逢一狼，性雌而孤。狼顾唯妇人幼子，窃喜。舔舌流涎，意必有一美餐，乃轻盈扑其子。先是，妇呼人。及狼扑子，恐极，竟无声，唯以左手持挎篮招架。数度，狼也不敢前。复扑之，竟以首套篮内。狼恐，挣扎不得出其首。欲奔，首在篮内，懵懂不辨东西，妇人于是得脱其危。呼人，围其地，以铁器毙之。

关东套狼，其法众也。唯其妇人之法险乎哉！夫无其篮系，则母子俱丧于狼腹也！以其事观理，与豺狼共不可以无圈套。

张三

东北三省讳直呼狼，呼为张三，取惧怕意也。值冬狼无食，乃徘徊户外。夜闻儿啼则呆坐窗下，垂涎三尺。

有张景生者，排行三，人呼张三。久之狼觉呼己，常造于舍。生有二女一子，夏夜闷热乃设帐当门，欲入睡，有帚扫其面。蒙胧中以手拂之，觉有物腾突而去。知为狼，大惊。醒顾其子，亡矣。急呼人，四邻惊而逐之，狼顾不得脱，弃其子于道。乡人追及，其子已死，景生夫妻痛如疯魔，泣数十日不进食。

盖狼取人，有狡狈之计。值人睡，先以尾入，轻扫其面。人在蒙胧中常以手障之，狼则知人睡未死，即遁。若夫数扫而不应，狼乃知人睡沉，反口噬其喉。人急不得呼吸，多以手援其颈，狼于是得趁势甩于背，至深山乃剖腹食之。

景生子死，常思己睡不当心。数月不思食宿，奄奄待毙。蒙胧中觉有一孩童奔至，视之子也。大喜过望，揽于怀中畏却复去。子唯执手泣，曰："父子情深，今而断也。因豺狼之祸，不能报生身之恩，儿不杀人间豺狼，死不能瞑目。今父之呜咽感于山神，儿之矢志达于冥曹，故山神使儿迎父往教习之。"于是随之往，至乃山神庙也。一老者居中，见其父子至，无语，唯以手掩门。门有一洞，大如桃。未几，门外有物至，喘息有声。老者以供中骨毛置于洞，又未几，一爪入洞来。稍一触即出，又入，渐入之深，视之乃狼肢也。山神于是捉狼肢，背狼于门。父子皆出，杀之。父大惊喜，觉乃残夜一梦。

张三于是潜心默记，乃于村外掘一窖，上覆门板，一如梦中之法。入夜，会亲朋二三人潜于洞。上施残渣，而纳小猪于洞中，使间断号叫，如是三日。夜深，觉有物至。食骨有声，复以鼻嗅其洞。张三乃使小猪往迎，狼以肢入，触猪。又使小猪沉而引之，待肢入盈把，乃以手捉肢，背狼于门板，众人出，杖而杀之。

人云：精诚所至，金石为开。能食人肉者，必有蛇蝎之心，狡狈之计。然既欲取人，必有授柄之处，若彼渐伸其爪是也。君未闻是语乎：手莫伸，伸手必被捉。彼捉狼之法不唯适宜于钩爪锯牙者也。

刘丰南

丰南刘先生者，故明季菏泽刘楼人氏，以赋才得京比探花①。丰南一目眇②，貌不扬。有御史悉其貌者，以其表陋③闻于上。太祖召主考讯之，对曰："然，我朝开科，以文才取士，召有眇目者不可以登榜之语乎。"太祖默然，又询于才，召而试之。

太祖以丰南工对④，乃出一联曰："一只眼难登龙虎榜。"南随口答曰："半边月依然照九州。"帝颔之，稍思又曰："东启明，西长庚，南极北斗，朕乃摘星汉。"丰南不假思索，对曰："春牡丹，夏莲花，秋菊冬梅，臣是探花郎。"上大嘉喜，由是珍其才。

元璋晚年耽于⑤诗赋，尤喜联对。虽貌陋如丰南者，能试其玉。其能得天下，非偶然也。观其问策朱升⑥、纳臣刘基⑦，皆恐非人杰者所能为。呜呼！帝王谁突乎日角⑧、现乎龙颜⑨，得人心识贤才者而已。

注：①旧时科举制度，以殿试一甲第三名为探花。②一只眼瞎。③外表丑陋。④工于联对。⑤沉迷于，热衷于。⑥朱升（1299—1370），字允升，休宁人。元末（1367年）举乡荐，为池州学正。避弃官隐石门，学者称枫林先生。明初，召为翰林学士，与修女诫。请老归，卒。升于五经皆不旁注，于易尤详。著枫林集十卷，《四库总目》另有前图二卷，传于世。⑦刘基（1311—1375）字伯温，谥曰文成，汉族，温州文成县南田人（旧属青田县）。元末明初军事家、政治家及诗人，通经史、晓天文、精兵法。他以辅佐朱元璋完成帝业、开创明朝并尽力保持国家的安定，被后人比作为诸葛武侯。朱元璋多次称刘基为："吾之子房也。"在文学史上，刘基与宋濂、高启并称"明初诗文三大家"。⑧古时相人语，认为帝王额头有突出的棱角，谓之日角。⑨面有龙像，谓之龙颜。《史记·高祖本纪》谓刘邦龙颜隆准。

义犬

唐山有刘某，一医师也。出郊行医，见村北草丛中有物，以为兔。下车视之，乃一小犬也。绒绒然可掬，携而养之，年余成壮。唯前足双白，人或言其妨主，劝杖而逐之，刘终不忍。

翌年夏，夜热闷。刘夜班归，浴后而寝。犬以口噬其衣，嘤嘤然如有所诉。逐之，上床，以前肢抓床上物，做使主人下床状。刘怒，喝而逐之，闭门寝。犬在门外以爪抓门，不以少停，刘始大疑。犬又于院中狂吠，不令稍安。刘乃开门出，巡视。未几，有地光横空，地动若覆舟。唐山数十万人皆殁于是难，唯刘氏一家赖有是犬得免于厄运。

东北某地有猎户某甲，畜有一犬。极训熟，日夜偎于主人。会猎狼，得狼崽一，乃与犬同饲。至长，伙之猎。凡卧，犬左狼右。一日行远，日斜不得归。某甲饥，草地卧。将入梦，犬即吠。疑有兽来，起观之，无所见。复睡，近眠，犬又吠。如是三起，困意全消。唯不解犬何以吠，乃佯睡，微开一目观之。未及，狼舔舌流涎，以吻嗅主人心区，而目睽睽然。将有所动，犬即躁吠，某甲于是悟狼终有食己之心，归乃以绳结其项吊而杀之。

儿不嫌母丑，狗不厌家贫，此乃天性也，故世人能委以信。而狼终欲食人，盖也出其本性。惑则必成东郭，东郭不悟，则葬身狼腹也未可知。余观夫世人，每以利害交。互为利用又互相防范。一般平民百姓则以困危拜叩官长之门，所委之人多有敲诈勒索、反复无常、得恩卖友、过河拆桥者。此辈非狼而何！与此辈交是如猎人饲狼，惜其鱼肉酒菜实不若喂狗。

黑妮

民国初年，郓城有一卖粥者。贫，赊黑妮粗碗二十，言明下会付清。黑妮者，也一穷人。以贩粗器为生。逢会，粥家齐款等黑妮，不来，又一集仍不来。询诸乡里，死也。粥家大惆怅，已不能还债为憾。越二年逢会，适有农人牵一黑驴过粥棚，至放碗处，驴忽大叫，尥踢一足，碎碗二十。农人见状，拍双膝曰：“黑妮也，黑妮也，因贫货汝，汝既未货，分文无有。汝惹得好事，我拿甚赔人？”粥家闻言喜曰：“适才呼驴为甚？”曰黑妮。又问何以取名黑妮，农人乃曰：“母驴将产，夜梦一老妈领一女入门曰：‘要账的黑妮来了！’因之取名黑妮，唯不知所要何账。”粥家曰：“碎碗不须汝赔，三年前我欠黑妮粗碗二十，债主已死，还债无门。今日此驴碎碗二十，正是黑妮前来索债，所谓名正言顺也。前债既还，也了却我一心事也。”言毕相与大笑，赐粥而去。

吃椒

鲁地尚辣，如说椒不辣则货者不悦。有翁货椒于市，问辣否，曰辣极。笑问何为辣极，曰人不敢食。笑诘既不敢食，将去做何。翁欲吃，曰：“我所说生不敢食熟则或可。”一人曰：“如能生食，或可斩价？”翁不悦，赌气曰：“若能生食，尽我货不索分文。若不能将何？”其人语众人曰：“我今欲尽食其椒，向之翁言，众为证之，或若不能，认罚万金。”货椒人乃绝买卖，曰：“椒不多，百三十斤。若能尽食，也开老愚眼界。尚余一枚或可有万金之酬？”适逢大集，观者渐堵。生乃曰：“当如公言。”乃搓手哈气，松腰带，蹲于椒旁，双手援椒，开怀大嚼。但见椒汁迸溅，唇舌皆朱，津津有味，略无难色。有倾乃尽食其椒，观者无不骇然。既罄，乃语翁曰：“复有椒乎！”翁有悔色，唯搓手而已。生曰：“观翁之色，毋乃悔乎。要之不可极言，极则偏也。天下之大，安知无食椒者。翁既田产，劳作非易。我非盗跖焉敢私之。”乃指临摊货萎者曰：“椒尽储彼之袋中，发之可也。”发之果得椒，色重如初。翁寻生谢之，生去远也。

神针

城北朱屯朱继英者，余之妻舅也。年七十七岁，善木工，所制风箱遐迩闻名。龙年将除，村人多以活计付渠。英以年近，为不误村人年节使用，突击赶制，昼夜不息。数日，头昏目眩。强至夜，头痛欲裂。乃罢活计，上床僵卧。俄见一叟至，年八十有余。须眉皆霜、精神矍铄，着青布衫，外套黑褂，足蹬皂鞋白袜。入门则呼曰：“咋啦！”曰：“头疼甚，将死。”叟曰：“无惧，余一针可愈也。”于是出怀中针囊，视之遍插银针。乃取一针长约三寸，以指掐太阳处刺入，刺时尚觉微痛，及至捻针砉然惊醒，乃南柯一梦也。

翌日晨起，视物清晰，试以伐锯，目如童时。至今五年，不费花镜，且思路了然；数村账目不劳笔记。朱屯东有穆户屯，中有张先生者，也英之故交也。以其事语先生，先生曰：“汝必有大阴德，为世人所不知。乃得华佗神针，汝且将有大寿也。”余鸡年春节去朱屯，妻舅已八十又二，执余手语焉，再嘱余为记之。

苏家

北李楼有苏顺玉者，居家农耕，性善而好生。夏场收毕，儿童于垛下获鼠子五，乃装于斗，欲焚而乐其趣。

玉念此亦生灵也，目未睁而死于火，是不仁也。乃逐小子，以手掬之归。棉裹鼠子置床下，隔夜亡去。间日夜寝，梦褐衣父子造舍，曰：某粟姓，与足下通世交。子众，某先是居关东，近闻四子信，言小孙临大难，公予解之。此再造之恩也，故造门而谢。遂呼四子，门外一郎入。观之，廿龄稍出，神采丰腴。乃语玉曰："此我家四郎也。"四郎曰："家父自关东来，行色仓促，无以厚献，权呈山参一枝。唯惭礼薄，无以表深衷。"

言毕乃呈。玉未以对答，一时未思何以通世交，恍惚接之。粟氏父子欲辞，长者语四郎曰："救命之恩，没齿不忘。"郎曰："只是家门薄眷，无可厚报。"长者曰："使公食不缺斛，也子之心也。"郎曰："只是苏爷不嫌，旦食夕供之。"语毕乃返。

顺玉有老妻，操具饮食。时家无多麦，乃磨白面数升置小面瓮储之，偶一食。月余不见面去，凡去面之凹再取平矣。妻窃喜，知有仙助。少时母曾语故事，言遇此不可以语破，于是密不告人。数月既去，面无稍损。

弹指年关临近，家中蒸炸年货。妻乃另开一缸，储面十余斤。平明视之，盈也，足逾百斤。妻使家人取面，去之大半。乃于夜设小蜡烛于库，妻于隔壁观之；家人已寝，万籁俱寂。见有二三鼠拖一面袋，宽约三寸，长可盈尺。大鼠跳浪缸上，反身以口噬代，倾之缸，未及乃盈。大鼠以尾平其口，泯迹而去。妻惊且喜，良久不能入睡。次日宴起，长媳度婆累，窃其钥开库取面，偶见缸盖有鼠屎一粒，乃于饭间语其婆曰："今日取面，见有鼠屎一粒，是当饲一猫，晚则被污也。"玉妻闻言大惊，欲止其语，终无措辞。

至是日，面无再进，食月余，罄其底。于小面瓮底现一异物，大不盈指，色红，状如萝卜。妻持之玉，且语年来食面无穷之事。玉思之良久，方忆之前似有一梦焉。疑其为宝参，取而询诸铺。或曰："此白参须也，惜而鼠噬之，又久霉，恐神威仅存十分之一也。"

鼠有可恶。是人有恶于鼠，取火焚豆鼠者是也。鼠有奇恩，是人有恩于鼠，掬而棉裹之者是也。一念之萌而感于操鼠之神，也君子仁慈之心一报也。语虽姑妄，而可以语天下万物。善之可道其利，恶之可道其害。

今世多卖鼠药者，云鼠死前有哀鸣，母鼠闻之则产子数倍。呜呼！其也有越甲之志哉，观夫酬于苏家，又其盲乎。

后记

李培超（一九四四至二〇一六），笔名悲平，山东省郓城县人。一九六一年应空军征召，从学校入伍，先是在潍坊机场当兵，后被调入北京军区空军供职。一九七九年底转业回到原籍，被分配到供销系统工作。李培超的诗作在国家级刊物、省级刊物、地区级刊物上被多次发表，获得较高评价，影响颇深。曾被评为中国诗词学会会员、中华诗词学会会员、山东省诗词学会会员、菏泽市诗词学会理事、郓城县诗词学会名誉会长。

李培超一生酷爱诗歌创作，“呐民瘼以志愿，视艺术为生命”，他文学功底深厚，创作热情终生未止息。最早的诗歌写于一九五九年，年仅十五岁。目前存世诗千余首，经作者修删整理，本书共收录诗歌百余首，以作者亲身经历为基础，内容丰富，展现面广阔，大到国家大事、时代变迁，小到战友酬唱、身世经历，诗中均有所反映。从诗作可以感受到作者昂扬向上、老骥伏枥的总体气息，感受到作者蓬勃跳动的时代脉搏。李培超的诗歌可以构成一个历史的缩影，从中既可以看出一个士兵的战斗历程，也可以看到我们民族的命运和性格。

本书主要由两部分构成，第一卷至第八卷为诗歌部分，第九卷为文言小品文部分。诗歌部分的内容主要有：战友送别离情唱合诗、游历名胜古迹诗、怀古诗（包括阅史怀古和即景怀古）、悼亡诗、反映风土人情的诗作。

作者在部队生活达二十年，他在部队结识了一批品质优良、朴实无华的战友。作者对这些战友的离情别绪以诗的形式表露无余。这些离别诗保存了时代气息，寄托作者对战友的殷切希望，是作者诗集中的一道特殊风景线。在游历记景诗中，除作者对祖国山河雄伟壮丽的歌颂外，更抒发了一个军人对祖国山河的热爱和捍卫祖国领土的决心。

作者对于旧体诗的创作是非常严格的，无论在旧体诗的用韵还是属对上，他都尽力保留传统旧体诗的韵味。他反对写老干体，认为这是对律诗的“亵渎”。他不赞成把一切非律诗的歌体都归为古风，他认为古风不是“垃圾筐”，古风是一种特定历史时空遗留的诗歌体裁，就像著名的青花瓷，是难以仿造的。一首像样的古风其难度不亚于律诗。在律诗的用韵上，作者自有一套章程，提倡“鸳鸯腿”，即律诗的三个出句不应该都押同一个声部的仄声，而应该将两个仄声部（如果用平水韵则是三个仄声部）有序的间隔开来使用，即便是律诗的韵脚也最好将两个平声韵间隔开来使用。作者身体力行、率先实践，这使他写出的律诗读起来跌宕起伏、铿锵有力。在创作态度上，作者反对无病呻吟，严格履行“文章合为时而发，为事而议”的原则。作者提倡每一首诗应该都有内核，不能空泛无物。这种严格的自我要求造就了李培超的诗“诗必有物，事必有出”，读他的诗不觉得空泛，增加了诗的叙事内涵和可读性。

作者在诗歌之外，最推崇的文学著作为《聊斋志异》，因此第九卷《寰宇搜奇》为仿《聊斋》文言小品文，完成于二十世纪八十年代至二十世纪九十年代，主要记述当地风物人情故事及民间传说。

作者一生创作甚丰，创作态度严谨，但因罹患疾病，在治疗间隙，整理校对诗稿，时间和精力确有不足，本书的疏漏和错误在所难免，希望广大诗友和读者不吝指正。

女儿 李剑眉 （代序）

二〇一九年六月二日